JAMES BOND

007典藏精选集

金刚钻

[英]伊恩·弗莱明　著

徐建萍　译

北京联合出版公司

Beijing United Publishing Co.,Ltd.

图书在版编目（CIP）数据

金刚钻 /（英）弗莱明著；徐建萍译. — 北京：北京联合出版
公司，2016.4（2019.3重印）
（007典藏精选集）
ISBN 978-7-5502-7137-1

Ⅰ. ①金… Ⅱ. ①弗… ②徐… Ⅲ. ①长篇小说－英国－现代
Ⅳ. ①I561.45

中国版本图书馆CIP数据核字(2016)第020932号

金刚钻

作　　者：伊恩·弗莱明
出版统筹：新华先锋
责任编辑：李　征
特约编辑：许　玲
封面设计：吴黛君
版式设计：徐　倩

北京联合出版公司出版
（北京市西城区德外大街83号楼9层　100088）
三河市嘉科万达彩色印刷有限公司印刷　新华书店经销
字数133千字　620毫米×889毫米　1/16　13印张
2019年3月第2版　2019年3月第2次印刷
ISBN 978-7-5502-7137-1
定价：59.00元

007　目录
CONTENTS　金刚钻

1

2

第 一 章
危 险 的 交 易

在西非三个国家的交界处，有着起伏的山峦、茂密的森林，但在中部，却有一块大约二十平方里的平坦的岩石地，它的周围密布着丛丛矮小的灌木林。在这些矮小的灌木林中，长着一株巨大的霸王荆，它如鹤立鸡群，在几英里[1]外就可以看见。因为根部有着充足的水源，所以它长得异常高大茂盛。

这片地区归法属几内亚管辖，距纳米比亚的北端不过十英里，离塞拉利昂的东部也只有五英里。这里虽然看上去是一片蛮荒之地，但却散布着好多钻石矿窟。非洲国际矿业公司控制着这些钻石，同时它也是英联邦的重要资产之一。

一个月朗星稀的晚上，一位中年人在霸王车上斜靠着，摩托车则放在了离他二十码[2]远的地方。他已经在那里等了两个多小时了。

一阵发动机的声音从空中传来，由远而近。那个中年人立刻站直身子，抬头观望。一个模糊的黑影迅速从东方飞来，借着月光能依稀辨出那是直升机的旋翼在闪闪发光。

---

[1] 英里：一英里等于 1.6 千米。

[2] 码：一码约等于 0.91 米。

那个人连忙在卡其布短裤上擦了擦手，然后快步跑到了摩托车旁，从车座两边的一只牛皮袋中掏出一个小布包并迅速塞进了衬衫口袋；从另一个牛皮袋中取出四只手电筒，然后跑到一块平坦的场地上，那里离霸王荆大概有五十码。

他把其中三只手电筒头朝上分别插在这块场地的三个角落里，并打开手电筒开关；他拿着第四只手电筒在第四个角落里站着，四个手电筒正好组成了一个方形。

直升机盘旋着，离地大约有一百米的高度。主旋翼在缓缓转动，犹如一只巨大而怪异的蜻蜓。他觉得飞机发出的声音实在是太大了。干这种事情，声音越轻越好。

在他的上方，直升机微微向前倾斜。一只手从座舱中伸出来，拿着手电筒朝地上打信号。光束一短一长，正好组成了摩尔斯电码的A字母。

他立即按动手电筒的开关，打出B和C两个字母，然后将手电筒插放在地上，迅速跑向一边。为了防止卷起的尘土吹进眼睛，他用手蒙住了双眼。直升机稳稳地降落在用四只手电筒围起的场地上。

飞机发动机的声音慢慢减弱，主旋翼转了几转也停了下来，只有尾旋翼还在空挡中缓缓转动。

直升机降落后，驾驶员打开舱门放出一架铝梯子，走了下来，在直升机旁站着，等那个中年人从场地的四角拾起那四只手电筒。

与预定时间相比，飞机晚了半小时。驾驶员心想，又该听到不少抱怨了。他讨厌非洲人，也不喜欢接机的人。他曾是一个飞行员，保卫过德意志第三帝国，对于这样的一个人来说，这些黑鬼是一群既狡猾又愚蠢，而且没有教养的家伙。与驾驶直升机在夜间飞越五百英里的丛林，然后再返回原地的人相比，这个接机人虽然肩负艰巨的使命，但也显得微不足道。

那个中年人收拾完后便朝驾驶员走过来。

"一切都好吧？"驾驶员问道。

"上帝保佑，一切平安。不过你又来晚了。等我回去时，都快天亮了。电视出了些毛病。谁都有遇到麻烦的时候，不可能事事如意，一年不是也只有十二天是满月嘛。好了，货都准备好了吗？快给我吧。再帮我加些油。我马上就得往回赶。"

接机人一言不发地从衬衣里掏出那个沉甸甸的、包得很整齐的小包交给了驾驶员。

驾驶员接过小包，放进了衬衣的口袋，顺便将手在短裤上抹了抹。

"就这样吧。"驾驶员边说边转身向飞机走去。

"等一下。"接机人语调低沉地说。

驾驶员转过身来，心想，这家伙又要埋怨什么。看他那副样子就好像是对伙食不满要发牢骚一样。"什么事？"驾驶员问道。

"矿场的事做起来越来越困难了，我简直烦得要死。伦敦派来了一个叫西利托的情报员，想必你已经知道了。听说是钻石公司的人。他来了之后，修改了一大批规章制度，处罚也越来越重了，吓跑了不少我的手下。我只能发狠心，整治了一个家伙。但我也不得不提高奖金，多给他们一点儿，可他们却还不知足。我想，这样下去，总有一天我们会被矿上的保安人员逮捕的。那些黑鬼，你是知道的，只要毒打他们，他们什么都会供出来的。"他看了一眼驾驶员，又接着说，"谁也受不了那种苦，我也一样。"

"你的意思是？"停了一下，驾驶员接着问，"难道你想让我把这一威胁转告给 ABC？"

"我没有威胁任何人的意思。"那人赶快说道，"我只想让他们知道事情的严重性，做到心中有数。起码他们得知道有西利托这个人，而且公司董事长的年度分析报告也要留心听一下。他说'矿场每年由于走私，损失高达两百多万英镑。政府应该采取措施遏制住这股风气'。这话是什么意思？这不是要断我们的财路吗？"

"也是断我的财路。"驾驶员附和着说，"那么，你是要加钱？"

"是的。"接机人冷冰冰地说，"得多分我一点儿，起码给我百分之二十，要么我就不干了。"他看着驾驶员，希望能够得到他的同情。

"好吧。"驾驶员表现得无动于衷，"我会向达卡如实转告的。要是他们觉得有理，会向伦敦反映的。这事和我没关系，如果我是你，"驾驶员的态度第一次温和起来，"我就不会向这种人施压。他们都是些不怀好意的人，比西利托和政府当局更难对付。去年一年，我们那儿就有三个人送了命。一个因为胆小，另两个因为手脚不干净。你的前任，你知道，他可是个小心谨慎的人，死得有多惨。有人在他床底下放了炸药，够有意思的。"

在那一刹那，月光下的两人互相默默地凝视着。接机人最后耸了耸肩说："好吧，就和他们说我手头有点儿紧，手下也需要多发一点儿钱。要是他们通情达理，就该多分我一成。要不……"他想接着说什么但没有说出来，便走向直升机，说："我来帮你加油吧。"

十分钟后，驾驶员登上座舱，收好扶梯，伸出一只手向他摇了摇："再见，下个月见。"

"再见。"此时一种孤独感突然向接机人袭来，他挥动着手，似乎在和心爱的人作最后的告别："祝你一切顺利！"说完，他赶紧倒退几步，看着飞机起飞了。

驾驶员带走的是价值十万英镑的原料钻石。在上个月开凿钻石时，他手下的人偷出了那些钻石之后，坐在牙医的椅子上，嘴巴大张着，由他取出他们舌头下的赃物，并且还要粗鲁地问他们是不是口腔发炎了。

他每次从口腔中取出钻石后，都要用小手电照一下，然后报出价码：五十、七十五或者一百。那些人会点点头，接过写着数目的"处方"和用纸包好的"阿司匹林"，放在衣袋里，离开诊所。他们从不会也不可能讨价还价。按照规定，绝不允许他们私带原料钻石离开矿场。一年之中，工人只允许外出一次，或探亲或参加红白喜事。但每次外出前，他们都必须接受 X 光透视。一旦被查出私藏钻石，后果难以想象。上牙医诊所看病这个借口不费什么事，而且 X 光透视也查不出钞票来。

接机人发动了摩托车，沿着弯弯曲曲的乡间小路，驶向塞拉利昂的山麓。

他要走二十英里的山路，天亮才能到俱乐部，除在那儿吃早餐外，还要忍受朋友们的调侃。

"晚上是不是找黑婆娘去了，医生？"

"听说她可是这一带的黑美人呢。"

他们哪里知道，送出十万英镑的钻石，就会有一千英镑存入他在伦敦银行的户头。上帝保佑，但愿这些日子一切太平。恐怕干不了多久了。他决定存到两万英镑时就金盆洗手。

他骑在摩托车上，就这么胡思乱想着，同时加大了油门。他想早点儿穿过这段崎岖的道路，越早、越远地离开霸王荆越好。世界上最能捞到油水的走私路线都是从这里开始的，但要到达最终的目的地，中间的道路还有漫长而迂回的五万英里。

第二章

钻　石　之　谜

"别往里压，把眼罩拧进去，就会戴好的。"M局长不耐烦地嚷着。

邦德把珠宝商放大镜重新轻轻转了一下，果然放大镜正好嵌在了右眼眶里。

现在已经是七月下旬了，局长办公室里阳光普照，但M局长仍打开了台灯，让它的光斜射邦德。邦德拿起一枚光彩夺目的宝石，在灯下欣赏着。他的手指慢慢地旋转，多面体的钻石便放射出炫目的七色光芒。看久了，眼睛会倍感疲倦。

邦德取下珠宝商放大镜，想要说点儿什么。

此时，M局长看了看他，问道："这宝石很不错吧？"

"倾国倾城，"邦德装得像个行家似的说，"恐怕价钱也一定会让人倾倒吧。"

"加工费和打磨费加起来不过几英镑，"M局长当头一棒，"那不过是块石英。你再看看这块，和它比较一下。"他看了看桌上的清单，挑选出一个绢质小包，查看了上面的编号，然后将小包打开递给邦德。

邦德把石英放回原处，接过第二份样品。

"原来您有说明书，难怪认得清。"他笑道。他又把放大镜拧进眼眶，右手拿起这块宝石，凑近灯光。

这一次绝对错不了。这是一块精雕细琢的宝石，上方三十二面，下方二十四面，重约二十克拉。这宝石从中心放射出令人炫目的亮光，白里透蓝。

他左手将石英放在钻石旁边，通过放大镜作比较。在半透明钻石的映衬下，石英就像一块死气沉沉的石头。刚才看似彩虹般的光亮，顿时也暗淡下去了。

当邦德再次更仔细地凝视钻石时，他终于明白，为什么几百年来，贩卖、倒手加工钻石的人们会对它那样的一往情深，是一种纯粹的美感在召唤他们。它像天上的神，蕴含着真理，其他石头即使再珍贵，在它旁边也会黯然失色。在这短短的几分钟内，邦德就窥探出了钻石的奥秘。它的美、它的真，都将使他终生难忘。

他把钻石放回薄绢中，取下放大镜，若有所悟地对M局长说："是的，我明白了。"

M局长坐下说："几天前，钻石公司的雅各比来看我时，告诉了我一些窍门。他说，如果我想和钻石业的人打交道，就得知道这行最迷人的奥妙。干这行令人着迷的不是数以百万英镑的贸易额，也不是它的保值作用，更不是它作为订婚信物所表达的情感，而是钻石本身的妙处。我们应该懂得如何鉴赏钻石。另外，"M局长冲邦德笑了笑说，"我也曾经看走眼过，把顽石当作了美玉。"

邦德静静地坐着，一言不发。

"好，现在你可以鉴赏这些石头了，"M局长指着那些小包说，"我向雅各比借了几种货样，他一口答应了。这是他今天早上派人送来的。"M局长看着说明书，打开另一个小包推到邦德面前说，"这包里面是属于极品的'青白钻'",他又指了指邦德面前的一颗特大钻石说,"这叫'水晶头钻',是很名贵的宝石,重达十克拉,但价格却只有'青白钻'的一半,它在放大镜下会透出一丝淡黄色。这一颗叫'开普钻'。雅各比说,它略带一点儿棕色,可我怎么也辨不出来。大概只有专家才能搞得清楚。"

邦德拣起那颗水晶头钻仔细端详了一番。然后M局长开始教他观赏放在桌上的所有宝石。这些宝石有红的、蓝的、白的、黄的、绿的和紫的。M局长又拿来一包较小的钻石。它们的成色都不是很好,有的带伤痕,有的颜色欠佳。

"这些都是工业用钻石,不是人们印象中的那种珍宝。但千万别小看它们,布朗斯告诉我,钻通圣哥达隧道用的就是这种钻石,牙医钻牙也要用它们。它们是地球上最坚硬的物质,怎样用都不会磨损。去年美国总共购买了五百万英镑的工业钻石。"

M局长掏出烟斗,装上烟叶说:"好吧,我已经把知道的都告诉你了,以后就看你自己的啦!"

邦德木然地看着散放在M局长办公桌上的薄绢和光彩夺目的宝石,茫然不知所措。

邦德看了看表,已经十一点半了。他被这位局长大人召见了整整一个钟头。邦德来之前曾在参谋长那儿打探消息,参谋长这样告诉他:"我想是个新任务吧。局长对我说,在午饭之前他不接任何电话。他已经跟伦敦警察厅联系过了,你下午两点将会和他们见面。"

M局长的座椅发出吱嘎的响声,邦德抬头看着他的上司。

"你从法国休假回来多长时间了?"M局长手举着烟斗问。

"两个星期左右。"

"玩儿得好吗？"

"开始还可以，最后也就没什么玩儿的兴趣了。"

M局长没有就这个话题继续说下去，而是话锋一转："我已经翻阅过你的人事档案。你的射击成绩一直保持优秀，柔道术也很不错。最近的一次体检显示你的健康状况也极佳。"他停了停，继续面无表情地说，"现在我这儿有一件非常棘手的差事，我想弄清楚你是否愿意接手。"

"没什么问题。"邦德有点儿不高兴地说。

"别太自信了，007，"M局长提高了嗓门儿，"我说这件事可能很艰巨，并不是危言耸听。世上难对付的高手多的是，你还没有和他们打过交道呢。这趟差事，很可能会给你提供这样一个机会。记住，山外有山，天外有天。我考虑再三才决定派你去，你不能因为这个生气。"

"当然不会。"

"现在，"M局长放下烟斗，双手抱臂，伏在书桌上说，"我给你讲一下这件事的来龙去脉。去或者不去，你自己决定吧。"

"上个星期，"M局长说，"财政部一位官员和商业部的主任秘书到我这儿来，和我商谈有关钻石的事情。按他们的说法，各类上品钻石几乎都是在英国加工生产的。伦敦的钻石成交额约占世界的百分之九十，并由钻石公司统一销售。"M局长耸了耸肩继续说，"不要问我为什么。我们在二十世纪初就已经控制了这一行业，几十年来都没有改变。这一行业是英国的大产业，每年有高达五千万英镑的贸易额，大约为一亿五千万美元。所以，如果这个行业发生问题，政府会很着急。"M局长用温和的目光看着邦德，"可是，每年在西非矿区被走私犯挖走的钻石原料大概就有两百万英镑。"

“这个数目可不小，”邦德附和着说道，“他们走私到哪儿？”

“据说是美国，”M局长说，“我想这或许是真的。最大的钻石市场在美国，而且这么大规模的走私活动，也只有美国的黑社会才有能力进行。”

“难道矿业公司一点儿办法都没有吗？”

“他们已经尽力了，”局长说，“从文件中你大概也看到了，西利托被矿业公司从我们这儿借走了，他的任务是去非洲联合当地治安机构调查走私案件。据说，他已经写了报告，在报告里提出了一些加强缉私的独到见解。可财政部与商业部对此似乎并不感兴趣。他们觉得不管矿业公司的规章制度怎样的严格，也无法有效地制止走私活动。这些公司分布零散，犹如一盘散沙。不过财政部和商业部已经掌握了有力证据，这些证据足够对那些走私犯采取法律行动。”

“证据是什么？”

“他们发现，目前有一大批走私钻石在伦敦聚集着。”M局长两眼闪烁着光芒，“走私犯正准备将这些钻石运往美国。警方特工处已知道送货人和护送人是谁，警方密探弄到情报后报告了他的上线，瓦兰斯通知了财政部，财政部又立即通知了商业部，他们在研究后又一块儿上报了首相。首相已对他们授权，可以动用英国情报人员。”

“为什么不让特工处和第十五处来管这事儿，局长？”邦德是在暗示，如果让英国情报局接这个任务，可能会遇到说不清的麻烦。

M局长有点儿不耐烦，说道：“在送货人携带走私品出国时，警方就可以抓住他，可这又有什么用？走私组织没有破获，走私路线依然存在。抓到的人估计那会儿就变成了哑巴，一问三不知。他们实际上也只是些无名小卒，他们的任务只是从公园这个门口的人手中接到货，再走到公园另一个门口把货交给另外一个人。要想真正摸清楚走私路线的细节，只有派人打探着路去美国，看看他们到底是怎样操作的。美国联邦调查局估计不会对这个案子伸出援手，美国匪帮现在就够他们忙的了。在他们眼中，那些走私犯只是些虾兵蟹将，不足挂齿。何况美国利益也并未因此受到影响，说不定还给他们带来好处呢。真正受损失的只是英国。此外，美国也不在警察厅和第十五处管辖范围之内。这个任务，只有英国情报局的人才可以担当。"

"我明白了。"邦德这时才搞清楚，"那么，我们还有其他线索吗？"

"'钻石之家'你听说过吗？"

"当然听说过，"邦德回答道，"它是一家美国人开的珠宝公司，在纽约市西四十大街上设有总部。分店设在巴黎里沃利大街。他们生意似乎做得很火，不比卡蒂埃、伍德沃德、鲍奇龙这些大公司差。他们的贸易在'二战'以后发展得十分迅速。"

"没错，"M局长说，"就是这帮家伙。在伦敦赫本区的海德花园，他们也开了一家小店。以前钻石公司按月公开标价出售钻石时，他们经常大批购买。可最近两三年来，他们买进的钻石越来越少。但是，正像你所说的，他们卖出的钻石却在逐年增加。他们肯定有其他的进货渠道。前一段我们开会时，财政部就对此提出了质疑，但我们抓不到他们的任何把柄。他们伦敦分店的店主名叫鲁弗斯·塞伊，似乎干得很出色。此人的来历目前我们还不太清楚，只知道他住在大旅店里，每天中午会在伦敦西区的美国俱乐部吃午餐，不抽烟、不喝酒，喜欢去森宁戴尔公园打高尔夫球，看起来似乎是个模范公民。"说到这儿，M局长皱了皱眉头，"可能是因为行业生意吧，'钻石之家'似乎不大喜欢跟同行业打交道。我们了解的所有情况仅此而已。"

"局长，那么我究竟要做些什么呢？"邦德还是有些茫然。

"我已经和警察厅的瓦兰斯约好了，下午两点见面，"M局长看了一下手表，"离约定时间还有一小时。他会替你安排的，他们准备今晚就逮捕送货人，然后要你冒充这名送货人打入走私集团内部。"

邦德不安地用手指敲击着椅子的扶手。

"然后呢？"

"然后，"M局长一字一顿地说，"那些钻石会被你走私到美国去。这就是我们的计划，你觉得怎么样？"

第三章

冒 名 顶 替

　　邦德走出局长办公室，顺手关上了房门，来到了参谋长办公室。参谋长是一个年纪与邦德相仿并且很幽默的人。他见邦德进来，便放下了笔，背靠着椅子坐着。邦德径直走向窗边，掏出香烟，俯瞰着摄政公园。

　　参谋长默默地注视了他一会儿，然后问道："这么说你答应了？"

　　邦德没有立即作答，而是过了好一会儿才转过身来，对他说："是的。"他点燃了手里的香烟，看着参谋长说，"比尔，对于这件事，局长似乎没什么把握。你能否告诉我，这究竟是怎么一回事？他居然连我最近的体检报告都看了。有什么可担心的呢？又不是要上战场。再怎么样美国也是个文明国家。"

　　了解上司 M 局长的想法正是参谋长的职责。他朝邦德笑了笑说："邦德，你知道，没有多少事能真正让 M 局长烦心。这次的钻石案子，估计你要跟一帮亡命徒打交道。没有这帮人，事情就已经够棘手的了。这帮人再掺和在里面，他怎么会不着急呢？"

　　"美国黑帮有什么了不起的。"邦德轻描淡写地说，"他们哪能算是美国人？不过是些身穿绣着姓名缩写的衬衣、喷着香水、整天吃着通心粉和肉团子的意大利游民。"

"你只看到了问题的一面。"参谋长说,"那帮人的头子可是贼得很,他们背后还有更精明的家伙。看看毒品交易吧,美国有一百万的吸毒者。那些东西他们是从什么地方搞到的?再看看赌博吧,赌博在美国是合法的。仅仅一个拉斯维加斯城,一年就有高达一亿五千万美元的黑利。除了拉斯维加斯,在迈阿密、芝加哥等地,还有不少地下赌场。那些匪帮控制着这一切。几年前,一个叫作西格尔的经营拉斯维加斯赌场的黑帮头目,因为想独吞一笔黑利,被人打死了。可以说,美国最大的产业就是赌博业,它比钢铁业和汽车制造业还要庞大。为了保证这个行业的正常运行,他们肯定会重点加以保护。你如果有时间,可以看一下参议员弗维尔的报告,看完你就明白了。现在钻石走私每年的黑利达六百万美元,这也是一笔不小的数目。"参谋长停顿了一下接着说,"你可能还没看到美国联邦调查局今年的犯罪报告,很有意思。在美国平均每天就有三十四起谋杀案发生。在过去的二十年里,将近十五万美国人沦为受害者。"看见邦德透出一副怀疑的神色,参谋长又说,"这绝对真实可信,是根据事实统计出来的数据。你最好自己去读读。在给你布置任务前,局长之所以这样关心你的健康,原因就在于此。你可是要孤军作战,而且对手是那群臭名昭著的匪徒!"

"明白了。谢谢你,比尔,中午我请客。我们该庆祝一下,起码今年夏天我不用整天待在办公室里做那些枯燥的案头工作了。去斯科斯餐厅怎么样,那里的蟹肉非常鲜美,再来两瓶黑啤酒。感谢你让我卸掉了心里的一大块石头。我原本以为这次任务会有多大的麻烦呢。"

"好的。"参谋长说着跟邦德走出了办公室,带上了房门。

下午两点整,邦德和瓦兰斯在伦敦警察厅的一间老式办公室中见面了。瓦兰斯看上去矮小精悍、沉着冷静，许多机密情报都藏在他的办公室里。当年在处理"探月号导弹"一案时，邦德就已经和他混得很熟了。

瓦兰斯给邦德拿出了几张照片，放在桌上。照片上的青年很英俊，浓密的黑发修剪得整整齐齐，但两只眼睛却露出一副挑衅的目光。

"就是这个家伙，他叫彼得·弗兰克斯。"瓦兰斯说，"对于那些没怎么见过他的雇主，由你来顶替他是最合适的。这家伙长得可真帅，家庭也很好，公校毕业，但后来学坏了，一错再错。他的强项是夜间在乡村盗窃。他可能还参与了几年前的森宁戴尔温莎公爵案。我们曾经抓过他一两次，但终因证据不足又给放了。现在他又被那些狐朋狗友拉上了走私这条路。在索霍区，我安插了两三个姑娘，他看上了其中的一个。有意思的是，那个姑娘也喜欢上了他，并且希望他能走上正道。当他偶然间向她说起了这件事，她便立即把这消息反馈给了我。"

"一个窃贼是从来不会关心别人的计划的。"邦德说，"我敢打赌，他肯定不会把自己在乡村偷盗的计划告诉别人的。"

瓦兰斯说："确实如此。这帮走私犯似乎看中了彼得·弗兰克斯，他答应去一趟美国，酬劳是五千美元，一手交钱一手交货。他喜欢的那个姑娘问他是不是要带毒品，他笑着说：'不是，是比毒品更高级、更危险的晶体。'现在他应该还没有得到钻石。下一步他要和'保镖'接头。明天下午五点他要到特法拉加宫找一位叫凯丝的小姐。她将告诉他行动计划，并和他一起去美国。"瓦兰斯从椅子上站起来，在房间里踱着步，时不时地看一眼嵌在墙上镜框里的伪票的样品，"在走私贵重物品时，这帮走私犯喜欢结伴而行。他们不会完全相信送货人，希望有个见证人在场。这样如果在验货时出了差错，送货人被捕，也能有个通风报信的人。"

此时，钻石、送货人、海关、保镖，这一连串的画面在邦德的脑中闪过。想到这里，邦德在烟灰缸里熄灭了烟蒂。他想起了他刚进英国情报局时曾经历过的各种事件：从斯特拉斯堡到德国，从内格雷洛伊到俄国；翻过比利牛斯山，穿过辛普朗河。现在已经不会再出现过去那种紧张的心理，发干的嘴唇。多少年过去了，如今他又要旧梦重温了。

"好的，我明白了。"邦德从回忆中跳了出来，"可是，这事情总得有个大体的轮廓吧？弗兰克斯要干的走私活动到底是什么样的？"

"钻石的来源当然是非洲，"瓦兰斯的眼睛眯成了一条缝儿，继续说，"不过似乎不是出自联合矿场，好像是从塞拉利昂弄出来的。西利托正在那边调查这件事呢。他们可能是通过利比里亚或者法属几内亚，把钻石转运到法国。既然这一批钻石是在伦敦被发现的，那么伦敦很有可能是该走私路线的中转站。"

"我们只知道这批货是运往美国的，但到那边以后怎么办，就不得而知了。"瓦兰斯对邦德说，"估计他们不会立即加工。加工的工钱可不便宜，几乎是钻石价格的一半。他们可能会先对原料进行汇总，然后交给正当的钻石商行，最后再进行加工定价。"说到这儿，瓦兰斯停顿了一下，又说，"我给你提点儿建议，希望你不要介意。"

"当然不会。"邦德肯定地说道。

"是这样的，"瓦兰斯说，"在这类走私中，最为微妙的是给送货人的付款方式。怎样支付这五千美元？这钱由谁来付？如果弗兰克斯干得很出色，也许他们还会再给他其他的机会。我要是你，会特别留意这些细节，想办法弄清楚是谁出的钱，再逐步弄清楚谁是他们的上司，当然最好是能查出谁是幕后老板。假如他们看中了你，这些就都不难办到了。要知道，精明的送货人是很难找到的，而且大老板们也愿意吸纳新人。"

"受益匪浅，"邦德赞赏地说，"在美国，第一个接头的人是关键。当我带着这批货下飞机接受海关检查时，但愿不要当众出丑。不过，我想那位凯丝小姐一定怀揣锦囊妙计，可以让我们顺利蒙混过关。好吧，下一步做什么？我怎么去接替弗兰克斯？"

"这一点你不用担心，没有任何问题。"瓦兰斯踱着方步，非常自信地说，"今天晚上我们就会逮捕弗兰克斯，罪名是企图蒙骗海关。不过这样的话，那位对他一往情深的小姐的美梦也就破灭了。可是也只能这样了，再下一步是安排你去见凯丝小姐。"

"她对弗兰克斯的事了解多少？"

"除了他的姓名，一无所知。"瓦兰斯回答说，"当然这不过是我们的推测。我估计，她恐怕都不知道和她联络的人长什么模样。走私活动往往是孤立的，每个人的活动只局限在自己密封的小圈子里，即便路上出了什么差错，也不会连累他人。"

"她的情况你了解吗？"邦德问。

"只是从护照上知道一些。美国人，二十七岁，生于旧金山，身高五英尺 [1] 六英寸 [2]，金发碧眼，单身；过去三年里来英国十多次，但每次用的都是不同的姓名；每次来都住同一个酒店——特拉法尔加宫酒店。据旅馆的侦探说，她不喜欢逛街，也很少有客来访；每次来最多逗留两星期，也从未惹过麻烦。这就是我知道的所有情况。不过，

---

[1]　英尺：一英尺等于 0.3048 米。

[2]　英寸：一英寸等于 0.0254 米。

别忘了，和她见面时你得为自己编一个故事。"

"我会见机行事的。"

"还有什么需要帮忙的？"

"没有了。"邦德想了一下说，"其他的事估计只能靠自己了。一旦打入走私集团内部，一切都要随机应变。财政部怎么会对'钻石之家'起疑心的？"突然间，他又想起了那家钻石商行，"看来他们在这之前似乎对它调查过。有更多的信息吗？"

"老实说，我们还没采取任何行动，生怕打草惊蛇。我曾经调查过那位塞伊经理，可除了护照上的那点儿信息外，什么都没了解到。只知道他是美国钻石商人，四十五岁，经常去巴黎，这三年中几乎每月去一次。可能是那里有他的姘头。我想，你可以去他那里会会他，或许能得到一些信息。"

"怎么去呢？"邦德疑惑不解。

瓦兰斯没有回答，而是按了一下桌上对讲机的按钮。

"有何吩咐，先生？"对讲机里传出一个浑厚的声音。

"警长，让丹克沃尔和洛比尼尔过来一趟。再给海德花园的'钻石之家'挂个电话，就说找他们的塞伊经理。"

瓦兰斯说完，走到窗前望着泰晤士河。敲门声响了起来，秘书打开一个门缝探着头报告说："丹克沃尔警长来了。"

"让他进来吧，"瓦兰斯说，"要是洛比尼尔来了，叫他先在外面等着。"

秘书推开房门，一位身穿便装的中年人走了进来。他秃顶，戴着眼镜，皮肤显得很苍白，表情透着和蔼谦逊，样子极像一家大商行的会计。

"下午好，警长。"瓦兰斯向他介绍客人，"这位是国防部的邦德。"警长礼貌地冲邦德笑了笑。"等会儿你领邦德先生去一趟海德花园'钻石之家'。就说他是'詹姆斯警官'好了。你可以对塞伊先生说，阿斯科商行被盗的钻石很可能已经从美国运往阿根廷了。要探探他的口气，看看他们总公司是否有这方面的消息。明白我的意思吗？要尽量表现得谦逊，但要仔细观察他们的眼睛。尽可能地向他施加压力，但不要留下招致抱怨的把柄。懂了吗？还有什么问题？"瓦兰斯对丹克沃尔说道。

"没问题！"丹克沃尔警长答道。

瓦兰斯朝着对讲机又说了句什么。一会儿，一位身着西装的人走了进来，他面色苍白，手里提着一只小公事包，进门后就站在原地不动了。

"下午好，警官。看怎么给我这位朋友化化妆。"

那个警官走近邦德，让他略微转身面对光线。他的眼睛如鹰眼一般，足足端详了邦德一分钟，然后说："化妆以后，右脸的伤疤可以在六小时内暂时消除。可是天太热，恐怕不能坚持更久，其他没有什么困难。要把他化装成什么人？"

"詹姆斯警官，丹克沃尔警长的手下。"瓦兰斯看了看表说，"只要管三小时就可以，能办到吗？"

"放心，没问题。可以开始了吗？"瓦兰斯点点头。于是警官让邦德在临窗的一把椅子上坐下，那只小公事包被他放在了旁边的地板上，他单腿跪下打开了皮包。然后，他那双灵巧的手开始在邦德的脸和头发上摆弄，大约花掉了十分钟。

邦德坐在椅子上，听瓦兰斯在和'钻石之家'的人通话："三点半才能回来吗？好吧，那就请转告塞伊经理，有两位警官三点半准时去贵处拜访。是的，我想这是件非常重要的事。不过不会耽误塞伊经理多长时间，只是例行公务。谢谢，再见。"

瓦兰斯放下电话，转身对邦德说："秘书说塞伊先生三点半才能回来，不过我觉得你们最好三点一刻就到那里，先在周围转转，最好能把对方搞糊涂。化好了吗？"

洛比尼尔拿来一面小镜子递给了邦德。

不知道洛比尼尔在邦德脸上抹了一层什么东西，疤痕已荡然无存；眼角、嘴边稍稍修饰了一下；颧骨下方抹了一层淡淡的阴影。现在这个模样，没有人能认得出他就是邦德了。

第四章

初 访 钻 石 店

警车在市区沿着河滨大道经霍尔本大街向海德花园驶去。丹克沃尔警长一路都保持着沉默。汽车在伦敦钻石俱乐部停下,这是一座洁白的大楼。

邦德随着丹克沃尔警长沿水泥道走到门边。一块锃亮的铜招牌在门上挂着,"钻石之家"四个大字刻在上面,在它的下面则刻着:"鲁弗斯·塞伊,欧洲事务副董事长"这几个字。丹克沃尔警长按了下门铃,一位犹太姑娘把门打开让他们进去。穿过铺着厚厚地毯的大厅,他们来到一间接待室,看上去似乎是用木板隔成的。

"我想,塞伊先生马上就要回来了。"她面无表情地说完这句话便关上房门,离开了。

接待室布置得富丽堂皇。熊熊的炉火在壁炉中烧得正旺,室内温暖如春。地上铺着深红色的大地毯,中央摆着一张圆形的红木桌子,六张红木椅子围绕着它。邦德估计,这套家具至少得值一千英镑。桌上放着一些南非约翰内斯堡的《钻石新闻》以及一些近期刊物。看见钻石杂志,丹克沃尔眼睛放光,拿出一本七月刊坐着看了起来。

四个镶金框的花卉图分别挂在屋内四壁,画面颇具立体感。邦德充满好奇地走了过去。他发现，这并不是真画，而是把几株鲜花放在了天鹅绒衬的壁龛里，然后再罩上玻璃框，便产生了绘画的效果。四面墙的鲜花和中央桌上的大花瓶相映成趣。

屋内安静极了，能够听得见镶了钻石的大挂钟发出的咔嚓声以及从门厅处传来的极低的说话声。突然间，门微微开了几英寸，一个外国人混浊的声音从外面传来："但是，格鲁斯帕先生，何必这么固执？大家都是靠这个养家糊口的，老实说，这块宝石我花了一万英镑才买进来。整整一万英镑啊！你要不信，我可以用人格担保。"过了一会儿，听到了最后的报价，"好吧，少你五英镑。"

门厅传来一阵哈哈大笑声，"威利，你可真会说话，"美国人说，"这有什么用吗？这钻石最多值九千，就算我帮你一把，再加你一百英镑，算是你的辛苦费。你去打听打听，这么好的价钱在伦敦市面上恐怕再也找不到了。"

门打开了，两个男人走了出来，前面是个美国商人，嘴巴又薄又小，戴着夹鼻眼镜；后面一个是犹太人，愁容满面，衣领上别着一大朵红玫瑰。当他们发现接待室有人时，咕哝着说了一声"对不起"，就穿过屋子，走进了大厅，顺手把门关上了。

丹克沃尔冲邦德挤了挤眼说："这就是典型的钻石交易，前面的人叫成利·贝伦斯，伦敦市场上赫赫有名的钻石经纪人；后面那位估计是塞伊经理的进货员。"说完他又继续看杂志。邦德抽烟的欲望越来越强烈，他竭力克制着，走到窗边去观赏画框中的"鲜花"。

突然，壁炉里一块烧焦的木炭垮了下来，壁上的大挂钟也敲响了三点半钟，这间豪华屋子里的安静气氛被打破了。就在这个时候，门开了，大跨步地走进来一位大个子，他面容黝黑，眼睛紧紧地盯着这两位不速之客。

"我就是塞伊，"他大声说，"你们有何贵干？"

丹克沃尔警长站起来，迈着坚定的步子很有礼貌地绕过主人，关上房门，然后又回到房子中间。

"我是丹克沃尔警长，伦敦警察厅的。"他语调温和地说，"这位，"他指了指邦德，"是詹姆斯警官。我们是例行公务，想询问一下失窃钻石的消息。或许你可以帮上忙。"

"说吧！"塞伊经理用傲慢的眼神看着这两个警官，因为他们浪费了他的时间。"有什么就说吧。"他提高了音调。

丹克沃尔警长不时地翻阅着他的小记事本，开始说他在汽车中想好的台词。邦德则在一旁仔细地观察着塞伊经理的外貌和他的一举一动。显然他不大欢迎这两位不速之客。

塞伊经理是个高个子，身板像石英一样硬朗；方形脸，小平头，有着卷曲的黑发，没留胡子，轮廓显得很清晰；眉毛又黑又直，双眼锐利有神；脸刮得很干净，两片嘴唇薄薄的合成一条线；身上穿着一套剪裁宽松的黑色单排扣西装，里面穿着白衬衣，系着一条像皮鞋带子般窄的黑领带，并用一只金质领带夹别着；双臂很长，手也很大，手心向外微凸；皮肤黝黑，汗毛浓重；脚穿一双价格不菲的黑皮鞋。

邦德心想，这个人块头可真够大的，看起来不是好对付的。

"……我们想要追查的这些钻石是，"丹克沃尔警长做了个总结，又看了看他的记事本接着说，"三十克拉的壁黄钻一枚，二十克拉的韦塞顿精钻一枚，十五克拉的开普特级钻一枚，十五克拉的全色钻两枚，十克拉的青石钻两枚。"讲到这里，他停顿了一下，轻声地问道，"塞伊先生，我刚才提到的这些钻石贵公司最近是否经手过，或者你们纽约总公司是否见过？"

"一颗也没有，"塞伊经理坚决否认，"纽约也没有见过。"他转过身来，打开房门说道，"两位先生请吧，再见。"

还没等两位警察离去，他就自顾自地走出了房间。只听见他急促的脚步声及门开启和关上的声音，然后一切又归于沉寂。

丹克沃尔并未因此感到丝毫的沮丧。他拿起记事本放进口袋，戴上帽子，穿过大厅来到了街上。邦德尾随其后。

他们钻进了警车。邦德告诉了丹克沃尔他在国王路公寓的地址。当汽车行驶在市区时，丹克沃尔警长脸上的严肃表情消失了，转身看了看邦德，满心欢喜地说："真有意思，遇上这么倔的人不容易。您需要的东西找到了吗？"

邦德摇了摇头说："警长，说实话，连我自己都不清楚要收集什么材料，只好近距离地仔细观察塞伊经理。在我看来，他不太像钻石高人。"

丹克沃尔警长听完哈哈大笑，说："我敢打赌，他根本就不是什么钻石商人。"

"你为什么这么肯定？"

丹克沃尔警长笑着说："我刚才在念钻石的失窃清单时，提到了一枚壁黄钻和两枚全色钻，其实世界上根本就没有这两种钻石。"

第五章

凯 丝 小 姐

邦德出了电梯，沿着走廊向 350 房间走去，他发现开电梯的人在关注着他的一举一动，对此他一点儿也不感到惊讶。因为他知道，这家旅馆里发生偷盗案的次数比任何一家旅馆都多。瓦兰斯曾给他看过一张标明每月犯罪率的伦敦地图，在特拉法尔加宫附近插着密密麻麻的小旗子，瓦兰斯指着那儿对他说："这个地段让制图人都感到头痛。每个月这个角落都会被插上密密麻麻的小旗子，因此，下个月只能重换一张新图。"

邦德走到了走廊尽头，有伤感的钢琴旋律从屋里飘出。他听出来那是《枯叶曲》，他停下来敲了敲门。

"请进。"从这个声音可以判断出来旅馆大厅服务员已经用电话通知过了。

这是一间小小的起居室，邦德走了进去，顺手关上了房门。

"锁上门。"一个女人的声音从卧室里传来。

邦德把门锁上，走向屋子中央与敞开门的卧室并齐的地方，这时一段圆舞曲正从电唱机里传出来。

屋里一个只穿着吊带袜和乳罩的半裸女人在一只椅子上坐着，眼睛望着梳妆台的三面镜子，光光的手臂搭在椅子背上，下巴则靠在手上。她的脊背弯向前方，肩膀和头部的转动中流露着她的骄傲与矜持，乳罩的黑色带子从白皙的肩背紧紧地横过，连裤袜和分开的双腿根强烈地刺激着邦德。

那女人略微把头抬了一下，从镜子中看了邦德一眼，那眼神冷冷的。

"你大概就是那个新手吧。"她大大方方地说道，声音低沉而沙哑，"找把椅子坐下吧，先欣赏欣赏音乐。"

邦德此时的心情很不错，他走到一把带扶手的椅子前，把它挪动到能使他从卧室的门口看得见她的位置，然后坐了下来。

"我想吸根烟，你介意吗？"他边说边掏出烟盒，从里面拿出一根烟叼在嘴里。

"当然不，只要你愿意采用这种办法去死。"

唱机中放着《永远等待》的曲子，凯丝小姐一边听着一边对着镜子左顾右盼。一会儿，曲子放完了。

她从椅子上站了起来，动作轻盈；她的头只微微甩了一下，光亮浓密的金发就像瀑布一样披散了下来，随着外面吹进来的微风摇曳着。

"如果你喜欢听，可以再翻个面，我一会儿再过来。"说着，她便走进了卧室。

邦德从留声机上取出唱片看了看，是乔治·费耶的钢琴曲。他在心里记下了唱片上的号码——VOX500，然后把唱片翻转到另一面，放下唱针。《四月的葡萄牙》的乐曲便从留声机中传出。

他觉得这段曲子很适合这位姑娘。她那性感的古铜色肌肤，散发出的野性的美以及从镜中窥视他时所流露出的毒辣眼神简直都和这支曲子搭配得天衣无缝。

在没见到她之前，邦德曾经想象过她的样子。他想她一定有着一双死鱼眼睛，心就像钻石一样又冷又硬，她肯定是个龌龊女人。因为她已不再青春年少并且样子龌龊，她的肉体已经不能引起大老板们的兴趣。但是再看看眼前这位姑娘，虽然举止有些粗野，但样子却还是楚楚动人。

她叫什么名字？邦德重新站起来走到留声机旁，发现一个泛美航空公司的行李标签在唱机手柄上挂着，上面写的是"T.凯丝小姐"。T代表什么？邦德边想边转过身重新坐在椅子上。蒂娜？泰司？特里莎？泰尔玛？这些似乎都不像。当然特雷奥或多娜就更不可能了。

在邦德正在猜测她的名字时，凯丝小姐已悄无声息地站在卧室门边了，她的胳膊弯曲着靠在门框上，默默地注视着他。

邦德也站了起来，动作不慌不忙，眼睛则朝她看去。

她似乎要外出，穿戴得非常整齐：上身是一套时髦的黑色女装，里面衬了一件橄榄绿的衬衣；下身是金黄色的尼龙长袜，脚上则蹬了一双高雅的方头鳄鱼皮皮鞋；一只手腕上戴着块黑色手表，另一只手腕上则套着一个沉甸甸的金手镯；右手中指上是一只大钻戒在闪闪发光；右耳上戴着一个大珍珠耳环；金发掠向一边。要是手里再拿一顶小小的黑色女帽就更好了，邦德心里想。

她那种无所谓的姿态更加增添了她的美，但她那种打扮的目的似乎只是为了自我欣赏，而并非为了取悦别人。她的灰色眼珠上长着浓眉，此时微微上挑，好像是在说："好了，来吧。不过，老兄，你最好还是放老实点儿。"

她一直这样注视着他，眼睛都不眨一下。终于，她说话了："这么说，你就是那个彼得·弗兰克斯喽。"她的声音低沉而富于魅力。

"没错，"邦德回答说，"我一直在猜，这个 T 字是什么意思。"

她稍稍停了一下，回答道："蒂凡尼。"说着，朝电唱机走去，把它关掉了，然后转过头来，冷冷地对邦德补充道，"不过在公共场合不允许你叫这个名字。"

邦德耸了耸肩，走到窗边，很放松地靠在窗框上，两只脚交叉站着。

他的冷漠让她有些恼火。她走到写字柜前的椅子上坐下，说："现在让我们谈谈公事吧。"她的语气透出一丝丝的锋利，"告诉我，为什么要干这活儿？"

"打死了个人。"

"哦，"她使劲儿瞪了他一眼，"听说，你的老本行是偷盗。"说到这儿，她停了一下，然后继续问道，"怎么死的？"

"打架打死的。"

"明白了，你是想趁此机会溜之大吉？"

"差不多吧！当然钱也是一方面。"

"身上没有装假肢或者假牙吧？"她的话题忽然一转。

"没有。"

"我一直都想要个装假肢的。"她轻蹙眉头说，"好吧，你有什么爱好吗？这批钻石藏在什么地方更安全，你想过吗？"

"还没呢，"邦德说，"玩牌、打高尔夫球这些我都喜欢，我想，把钻石藏在行李箱的手柄里应该是个不错的主意。"

"海关关员也会想到的。"她冷冷地说。她静静地思考了一会儿，然后取来了一张纸和一支笔，问道，"你玩的高尔夫球是什么型号的？"

"邓洛普六十五型。你也玩这种型号的球吗？"

对此她没有作答，只是用笔记了下来。

"有护照吗？"

"有的，"邦德回答说，"不过护照上用的是真名。"

"是吗？"她有些半信半疑，"那么，你的真名是什么？"

"詹姆斯·邦德。"

她流露出一副厌烦的神态："还不如叫裘德呢？算了，这种事不归我管。两天之内，你能办好去美国的签证并搞到免疫证明吗？"

"没问题。"邦德信心十足地回答，"我又没在美国闯过祸，哪怕是这里也没有我的犯罪记录。"

"太好了！"她高兴地说，"听着，移民局要是问你问题，你就回答说，你去美国是要见一位叫迈克尔·特瑞的先生。他是你在'二战'时认识的一位美国朋友。确实有这个人，他可以作你的证人。不过人们一般都叫他'沙迪'，而不叫他迈克尔·特瑞。到纽约以后，你住在阿斯特旅社。"

邦德没有说话，只是笑了笑。

"不过，他本人可没有他的名字那么好笑。"她语气冰冷地说道。她拉开书桌抽屉，取出了一扎钞票，每张钞票都是五英镑，用橡皮筋捆着。她把钞票分成两份，一份放回抽屉，另一份重新用橡皮筋捆好，朝邦德丢去。邦德一倾身，把它接住了。

"这些大概有五百英镑，"她说，"你用它在里兹饭店开个房间，然后告诉移民局地址。再找一只半新的皮箱，在里边放一些打高尔夫和度假要用的东西，别忘了球棍。星期四晚上有一班英国海外航空公司'王冠号'早班机，你就搭乘这班飞机去纽约。明天早上你要干的第一件事就是买好单程机票。没有机票，你的签证是办不下来的。星期四下午六点半，会有车子去里兹饭店接你。司机会给你带去一些高尔夫球，把它们也放进皮箱里。还有，"她抬起头来双眼直视着他，"千万不要以为这次是你一个人带着这些货单独行动，司机在上飞机前会一直陪着你，我也会乘这班飞机和你一起去。这可不是闹着玩儿的。"

"那这些宝贝儿，我怎么处理呢？"邦德耸了耸肩说，"责任重大，我恐怕承担不起。而且到了美国以后，我又该做什么？"

"那里也会有司机在海关门外等着你。他会告诉你下一步的计划。"她急匆匆地说，"一旦你在海关遇到麻烦，你就说，你也不知道你的行李里怎么会有这些高尔夫球。不管他们怎么问，你只要一直喊'冤枉'就行了，其他的事一概不管。我会在旁边监视你的，说不定还会有别人在监视，不过我不敢肯定。万一你被美国人关起来，你就要求见英国领事，别指望我们能帮你。不过你会得到一大笔钱。明白了吗？"

"明白了，"邦德说，"我想，大概只有你才能让我陷入麻烦里。"他抬起头望着她，"这样的事可不是我所希望的。"

"别开玩笑了，"她笑着说，"你不用担心我，我会照顾自己。"她站起来，走到邦德面前，一字一顿地对他说，"我可不是什么小姑娘，到时候还不一定谁照顾谁呢。"

邦德也站起来，离开了窗边："别担心，我干得会比你想象得更好。对于你的重视，我感到非常荣幸。现在让我们轻松一下如何？不要总是这么一本正经地谈公事。我非常希望能够有机会和你再见面。如果进展顺利的话，我们可不可以在纽约见面？"邦德这样说不过是逢场作戏，他想通过这个女人了解更高一层的幕后人物。

此时，凯丝小姐眼里的阴沉退去了一些，意味深长地看了邦德一眼，微微张开她那薄薄的嘴唇，有些结巴地说："好吧，星期五晚上，我好像没有安排，八点钟，如果一切顺利的话，我们一起去五十二街的二十一号吃晚餐。出租司机没有不知道那个地方的。"说完,她转过脸来,看着邦德的嘴。

"就这么说定了。"邦德说。他觉得应该告辞了,于是神采奕奕地问道:"还有别的事吗?"

"没有了,"忽然,她好像又记起什么事情,问道,"现在几点了?"

"差十分六点。"邦德看了看表说。

"我得开始忙啦,"她向房门口走去,邦德在后面跟着。正要开门时,她又转过身,看了他一眼,眼睛里充满了信任和热情,"放心吧,不会出事的。在飞机上我们俩最好离得远点儿。万一出事,也不必慌张。如果这件事你干得漂亮,"她的声调中满是留恋,"以后要有类似的活儿,我会想办法再给你的。"

"谢谢,"邦德说,"和你合作非常愉快。"

她耸了耸肩,房门打开了,邦德走了出去,又转身道:"星期五晚上见。"他还真想找个借口和这个孤单的女人多泡一会儿。

但是此时她的表情似乎又有些茫然,把他重新看成了一个陌生人。她抬头看了他一眼,冷漠地说:"再说吧。"然后便慢慢地但坚定地关上了房门。

邦德走向电梯间,凯丝小姐站在门后,直到听不见脚步声后,才缓缓地走到电唱机旁,打开开关,把一张费耶的唱片放到了唱机的转盘上,里面传来一首名叫《我不知道结局》的曲子。她边听音乐边想着这个从天而降走进她生活的男人,脸上显出愠怒和沮丧的神情,心想:"上帝,怎么又是一个贼。难道自己注定一辈子都要和他们纠缠吗?"唱片停止了,她又变得快活起来,边哼着那曲子边朝脸上抹粉,准备出去。

走到大街上，她又停下脚步看了看表。六点十分，还有五分钟。她匆忙地穿过特拉法尔加广场，走向查灵火车站，脑子也没闲着，思考着要说的话。她进了车站，就径直朝那座她经常使用的公用电话亭走去。

六点一刻，她刚好拨完电话号码。电话铃和平常一样响了两声以后，传来了自动录音器接话的声音。

"凯丝要接 ABC。送货人名叫詹姆斯·邦德，看起来不错，护照上用的也是这个名字。喜欢打高尔夫，会随身携带高尔夫球具。建议用邓洛普六十五号高尔夫球。其他安排保持不变。十九点十五分和二十点十五分再电话联系，完毕。"

她听见录音带发出丝丝的声音后，放下听筒，返回了旅馆。她让服务员送来了一大杯淡味的马提尼鸡尾酒。她点燃了一支烟，再一次打开了电唱机，喝着酒，等待着下一次联络的时间。

　　星期四傍晚六点，邦德在里兹饭店的卧房里收拾着要带的东西。他不知从哪儿搞来了一只半新的猪皮箱，把需要的衣物都放在了里面：一套夜礼服、一套打高尔夫球时穿的轻质黑色便装、一双高尔夫球鞋、几件白绸和棉质短袖衬衣、睡袍、尼龙内衣裤、袜子、领带。

　　收拾好衣服后，邦德开始准备别的东西：阿穆尔写的《高尔夫球术》、洗漱用具、飞机票和护照，他把这些东西也都放在了猪皮箱里。这是 Q 组特制的一个皮箱，在皮箱的背部有一个特制的夹层，里面装有三十发子弹和手枪消音器。

　　这时，电话铃响了起来。他以为是接他的汽车到了，看看表，比预定的时间早了一点儿。原来是大厅服务台打来的，通知他有一个国际进出口公司的人带来一封信，并要亲手交给他。

　　"让他上来吧。"邦德说，心里感到很疑惑。

　　几分钟后有人敲响了他的门，开门后一位穿便装的人走了进来。他认出这人是英国情报局汽车队的一名司机。

　　"晚上好。"说完，那人便从上衣口袋里取出一个大信封，递给了邦德，"我就在这里等您看完这封信，然后我要把原信带走。"

邦德连忙拆开了这个大信封，里面露出一个蓝信封，把蓝信封拆开，才看到一张淡蓝色的打字纸，上面地址、签名都没有。从纸上的大号字体判断，邦德确定是 M 局长写的。这封信的内容是：

据华盛顿方面的消息，鲁弗斯·塞伊乃凯劳维尔调查报告提到的可疑帮会头目、大恶霸杰克·斯潘的化名，但无犯罪记录。斯潘还有个孪生兄弟，叫塞拉菲姆，是斯潘帮的头目。全美各个地区都在该帮的控制下。五年前，这个塞拉菲姆收购了"钻石之家"，生意一直很红火。斯潘帮的名下还有一家电讯公司，暗中干着为内华达和加利福尼亚各州黑市印刷商传信的勾当，有违法的嫌疑；这家电讯公司的全称是"保险电报服务公司"。塞拉菲姆的大本营是拉斯维加斯的冠冕大酒店，"钻石之家"的董事会就附设在酒店中，塞拉菲姆在那里发号施令。华盛顿还说，斯潘帮从事着很多非法活动，包括贩毒、组织卖淫等，这些都由一个叫迈文尔·特瑞（别号沙迪）的在纽约操纵。此人有过前科，五次犯罪记录都不相同。该帮的分部设在迈阿密、底特律及芝加哥等地。华盛顿认为，斯潘帮是一个匪帮集团，在美国很有势力，各州、联邦政府甚至是警察局都有它的保护伞。它的势力比克利夫兰黑帮和底特律的紫色帮都要大。关于本次任务，华盛顿有关机构尚未接到通告。侦查过程中如遇危险，应及时报告，迅速撤出，并移交美国联邦调查局处理本案，此书即为命令。本件阅毕请送回。

信底没有署名。邦德将信又重新看了一遍，然后才小心折好，放入印有"里兹饭店"抬头的信封内，站起身把信交还给了信使。

"谢谢，"邦德说，"知道从哪儿下楼吗？"

"知道，谢谢。"信使回答道。"再见。"他走到房门口打开门说。

"再见。"

门被轻轻地关上了。邦德来到窗前，透过窗玻璃俯瞰着格林公园。

他的脑海里清晰地浮现出两鬓斑白的局长安详地坐在办公桌后的靠背椅上。他心想：局长会把案子移交给美国联邦调查局吗？邦德了解 M 局长，他说话算话，他如果真的把这件英国的棘手案子移交美国联邦调查局，心里一定非常不是滋味。

"遇危险"是信里特别强调的。遇到什么样的情况才能说是"遇危险"呢？这个很难定义。和以前的对手相比，这帮恶霸算不了什么。塞伊经理那张冰冷的面孔突然从邦德的脑海里冒了出来。好吧，得想办法会一会塞伊经理的那位亲兄弟塞拉菲姆，这没什么坏处。没准儿他就是一个夜总会里的招待，甚至是一个卖冰激凌的小贩。这帮家伙就是这样，既低贱又狡猾。

邦德看了一眼手表，六点二十五分。一切准备就绪，他的右手伸进上衣的左腋，从鹿皮的枪背套中抽出了一支 0.25 口径的连发手枪，这是上次任务完成后 M 局长送给他的纪念品，送给他时，M 局长还附了一张纸，上面用绿墨水写了一行字：也许你用得着它。

邦德慢慢走到床边，取下弹夹，把子弹退出来扔在了床上。他反复做了好几次拔枪的动作，想找一下扣动扳机时弹簧被压紧的感觉。他把枪管掰开，检查一下里面是否有尘埃，又伸手摸了摸前面的准星。然后把子弹上上，卡住保险，重新把枪放回了原处。

电话铃声又响了起来，邦德拿起电话："先生，您的汽车到了。"

邦德放下电话，来到窗边，望着公园里的树木，心里感到空落落的。

想到就要与满眼苍翠的伦敦告别，他不免有点儿心酸。他又想到那座位于摄政公园旁边的灰色大厦。在遇到危险时他可以向它呼救，但那并不是他想要的。

有轻轻的敲门声，邦德开了门。是侍者进来提行李，邦德也跟着他走出了屋门，心里想象着正等在饭店门外的接头人的模样。

远远地就看见门外停着一辆轿车，"您坐前座。"穿制服的司机对邦德说，听起来根本不像下人的口气。邦德把高尔夫球棒袋和两只箱子放在了后座，自己则坐在了司机旁边，这个位置相当舒服。车子行驶到皮卡迪利广场时，邦德仔细地打量着司机的面部。他戴着一顶压得很低的鸭舌帽，鼻梁上架着一副黑色的大太阳镜，手上戴着一副黑色的羊皮手套，动作熟练地操纵着方向盘和排挡。除了没有任何表情变化的侧面外，邦德什么也看不到。

"先生，看看街景吧，放松一下，"听起来是纽约市布鲁克林口音，"不要和我说话，我会很紧张的。"

邦德笑笑，一路上都沉默着。不过他的眼睛和脑子可没闲着，他用余光打量着司机并在心里盘算着：他四十岁左右，约一百七十磅重，五英尺十英寸高；他对伦敦交通规则非常熟悉，身上没有一点香烟味；他衣着整洁，脚穿高档皮鞋；胡子刮得很干净，估计每天得用电动剃须刀刮两次。

走到大西路圆环，司机靠路边停下了车子，把仪表板旁的手套箱打开，从里面小心地取出来六只崭新的邓洛普六十五号高尔夫球，球用黑色包装纸裹着，似乎还未拆封；他把车挂上空挡，下车把汽车的行李箱盖打开。邦德扭头望去，只见他打开了高尔夫球袋，把六只新球和旧球混在了一起，然后便回到驾驶座，还是什么话都没说，继续开车。

在伦敦机场，办好检票及托运行李等手续后，邦德买了份《标准晚报》，然后跟着司机去了海关处。

"都是私人用品，先生？"

"是的。"

"您随身带了多少英镑，先生？"

"大约三英镑，还有一些零钱。"

"谢谢。"海关人员在三件行李上画了一道蓝印，皮箱和球棒袋便被行李工装上了手推车。"请到那边有着黄色灯光的移民局去。"行李工说着，就把手推车推去了行李间。

司机向邦德举手致意，"再见，一路顺风。"他微微一笑说。

"谢谢。"邦德也满面笑容地说。司机转身后，他脸上的笑容马上消失不见了。

邦德提着手提箱，一位办事员正在看他的护照，然后便在旅客名单上画了一个记号。邦德向出境休息室走去，此时正好听见凯丝的声音，她在身后低声对办事员说些什么。不一会儿，她也走进了出境休息室，选了一个位于邦德和门之间的座位坐下。邦德不由自主地暗笑。如果她盯梢的是一个马大哈，那的确是一个不错的位子。

邦德佯装看报，却从报纸的顶端观察着休息室里的旅客。

飞机座位几乎坐满了。因为他订票时间过晚，没有买到卧铺票。休息室里大约有四十名旅客，看不到一个熟人，邦德的心放了下来。这些旅客当中有几个英国人和美国人，两个美国天主教修女和两个哭闹不停的婴儿，还有七八位看不出国籍的欧洲人。邦德环顾了一周，发现这真是一个大杂烩。可以说他和凯丝都是带有秘密使命的，但每个旅客何尝不是都带有各自不同的使命呢。

　　航空公司的航班调度员就在离邦德不远的地方坐着，邦德甚至能够听见她用电话向地面飞行指挥站报告的内容："出境休息室里大约有四十位乘客。"在收到对方的意见回馈后，她把听筒放下，拿起扩音机的话筒，开始播登机通知。

　　邦德走在人流当中，和大家一起穿过水泥机坪走向双层波音客机。飞机的引擎发动了，冒出一股浓烟。空中小姐广播说，飞机下一站将降落在爱尔兰的香农，旅客将在那里用晚餐，这期间飞机大约飞行一小时五十分钟。顺着两英里长的水泥跑道，"王冠号"疾驰而去，在夕阳中徐徐上升。

　　邦德点了一支香烟，悠然地抽了起来，翻开那本《高尔夫球术》，开始阅读。前排座椅上的乘客，把座椅使劲儿向后靠过来，他的空间因而缩小了。他看了一眼前排座上的两个人，是两位美国商人。左边那一位是个胖子，热得满头大汗，安全带在肚子上牢牢地系着，两只手紧紧地把公文包抱在胸前。公文包上贴着一张名片，上面写着："W.温特先生"。名片下方还用红墨水写着一排小字："本人血型是B。"

　　真是个胆小鬼，孬种。他肯定以为一旦飞机出了事，要让抢救他的人知道该用哪种血型替他输血。

　　霞光从机舱的窗子里照进来，却被一个走过来的身影给挡住了。邦德扭头看了看，原来是凯丝从他身边经过，从楼梯口向下层的酒吧走去。邦德很想跟她一起去，但最终还是克制住了。他又翻开了带来的那本书，读了一页，但根本就读不进去。他竭力控制着自己不要去想她，便重新从第一页读了起来。

　　过了大概一刻钟，他感到耳膜有点儿痛。原来飞机正在爱尔兰西海岸缓缓降落。没过多久，飞机便着陆于明亮的跑道灯中间，徐徐向停机坪滑行。晚餐有牛排和香槟，以及兑了爱尔兰威士忌的热咖啡，一层厚厚的奶油浮在它的顶部。机场的摊位上有各种小玩意儿供旅客购买。

飞机再次起飞了。邦德睡了一个长长的觉，他醒来时，飞机已到了位于加拿大东部的新斯科舍。他走到盥洗间，想洗尽一夜的辛苦和倦意，然后再回到那些还在睡梦中的旅客中去。当晨光溢满机舱时，他又回复到精神抖擞的状态了。

旅客们逐渐醒来，飞机里又慢慢有了生机。从飞机上望去，下面两万英尺的土地上，大大小小的楼群就如点缀在棕色地毯上的方糖，星罗棋布。一列冒着一缕白烟的火车在地面上蠕动着，一艘渔船在驶出海港时，激起了一片涟漪，就像羽毛一样。

飞机上开始供应早餐，也就是英国海外航空公司号称的"英国乡村早餐"。这时，空中小姐开始向每位旅客发放空白表格，这是由美国财政部制作的第6063号表格。邦德注意到表格的底部印有一行小字："凡有人故意隐瞒物品不报，当视情节轻重予以罚款或监禁处分。"于是他填上了自己的个人物品。

飞机似乎是一动不动地悬浮在半空中，唯一能让人感觉它在运动的，是机舱里上下移动的耀眼的白光。终于到了波士顿地区，紧接着又看到了新泽西州芭蕉叶状的立体交叉公路。当飞机缓缓降落于雾蒙蒙的纽约机场时，邦德的耳鼓又开始嗡嗡作响。终于到达目的地了。

第七章

过 头 探 路

　　一位大腹便便的海关人员非常慵懒地扶着办公桌站了起来，朝邦德站的地方走过来。邦德可以看见他身上那件灰色衬衣制服胳肢窝处的大片汗渍。一位小姐非常优雅地从手提包里取出香烟盒，拿出一支香烟衔在嘴里。邦德听见打火机连续按了两下的叭叭声和合上盖子的声音。

　　"是邦德先生吗？"

　　"是的。"

　　"这是您的签名？"

　　"正是。"

　　"都是个人用品吗？"

　　"是的。"

　　海关人员动作熟练地从检关簿上撕下一张海关标签贴在了行李上，又撕下一张贴在了手提箱上。他手持检关簿，边检查装有高尔夫球棒的帆布袋，边朝邦德脸上瞟了几眼。

　　"邦德先生，功夫如何？"

　　邦德不明白他的意思，一时间有些不知所措，只好说："这些都是高尔夫球棒。"

"我知道，"海关人员非常耐心地说，"我是问你打高尔夫的功夫如何？一局多少杆？"

邦德感到非常沮丧，他还不能马上适应美式俚语："哦，大概八十几杆。"

"我可是一百杆呢。"海关人员一边很自豪地说道，一边把一张标签贴在了邦德的最后一件行李上。

"祝您假期愉快，邦德先生。"

"谢谢。"

一名行李工过来帮邦德运行李，邦德则跟在后面向出口的检查处走去。这可是最后一关了，检查员没怎么仔细检查，只是低头寻找标签，然后在上面又加盖了一个章，便挥手放行了，整个过程没耽误多长时间。

"是邦德先生吗？"一个长得有些尖嘴猴腮的人迎上来问道。

这个人的头发是泥灰色的，一双眼睛无精打采，身上穿着咖啡色的衬衫和深棕色长裤。

"我是来接你的。汽车就在外面。"早晨的阳光已经略显炎热，那人在前面引路，邦德跟在他的后面。邦德发现他裤子的后口袋有一块是凸起的，显然里面放的是一把小口径的连发手枪。邦德心想，美国人未免有点儿太猖狂了，这都是那些充斥着暴力的连环画和武打电影导致的后果。

一辆奥司摩比尔轿车停在门外。邦德坐在了前座，把行李扔在了后座，那个来接他的人则去替他付给搬运工的小费。当汽车驶出机场，走在车水马龙的范怀克大街上时，邦德觉得是时候说点儿什么了。

"这里的天气怎么样？"

司机的眼睛一直注视着前方，回答道："摄氏三十七八度吧。"

"可真不低，伦敦的气温最多不超过二十四度。"

"是吗？"

"接下来有什么安排？"

司机没有回答，只是看着反光镜，车子突然加速，驶向了大道的中央，超过了一大串的汽车。汽车开到了一条较空旷的公路上，邦德又问了一句："我说，伙计，到底有没有什么安排？"

直到这时司机才看了他一眼，说："你要去见沙迪。"

"是吗？"邦德突然感到有些失落，真不知道还要等多久他才能有机会大显身手。前路可不是一片光明啊。他冒名顶替打入走私集团内部，还要想方设法顺藤摸瓜。只要略显不满或者行动过于独立，就会被踢出局，所以需处处小心，事事留意，唯命是从，一点儿馅儿都不能露。他打定了主意。

汽车驶入了曼哈顿区，沿着哈德逊河滨大道穿过市区，停在了西区四十六街。汽车旁边是一家首饰店，它隔壁的商店是用黑大理石镶着的门面，大理石的上方刻着一排很小的银色斜体字："钻石之家有限公司"。要不是早有思想准备，邦德真是很难辨认清楚上面写的是什么。

汽车刚停稳，一个在街上卖花的人就马上跑了过来，问司机道："一切还顺利吧？"

"当然，老板在吗？"

"在。需要我把你的车开回车库吗？"

"好的，谢了。"司机又转过身来对邦德说，"兄弟，到了。把你的行李拿下来吧。"

　　邦德下了车，把后座车门打开，拿出了手提箱，然后想再去拿高尔夫球棒袋。

　　"让我来吧。"司机在他身后说。邦德遵照他的话只拿了衣箱。司机拿起了球棒袋，车门"砰"的一声关上了。

　　门厅的角落里，坐着一个人。当邦德他们经过时，那人正在看《新闻杂志》的体育版。他抬起头和司机打了个招呼，但对邦德却没那么友好，恶狠狠地斜眼瞪着他。

　　"行李放这儿，可以吗？"司机对那人说。

　　"当然可以，"那人说，"放心吧。"

　　司机扛着球棒袋，和邦德站在门厅边的电梯口等电梯。电梯来了，他们上了四楼，进入了另一个门厅。那里摆了一张桌子、两把椅子，地上还放着一只黄铜痰盂。一股发霉的味道，从屋里散发出来。

　　他们从破旧不堪的地毯走过，来到了一个镶着毛玻璃的门前。司机象征性地敲了敲门，便直接走了进去，根本没等里面回答。邦德也跟了进去，并随手把门关上了。

　　邦德看见一个长着一头红发、有着一张大圆脸的人在办公桌前坐着，桌上还放着一杯牛奶。那人见他们进来，便站起了身。邦德这才发现他原来是个驼背。这样的人邦德以前可是从未见过。他想，这个模样要是用来吓唬手下的小喽啰或许会很管用。

　　驼背从桌边慢慢地走到邦德身边，从头到脚仔细地来回打量着邦德，最后在他前面站住，直勾勾地盯着他的面部。邦德显得沉着镇定，也大方自然地端详着他。这个驼背的两个眼珠就像一对瓷球，没有一点儿神采，如同从死人脸上抠下来的一般；两只大耳朵又肥又厚，一张干瘪的嘴挂在鼻子下面；脖子很短，头就像插在身体中，根本看不到颈脖；两臂短粗，曲里拐弯的身材装在一件宽松的贵重的丝绸衬衣里面。

"邦德先生，对于雇用的新人，我向来喜欢仔细观察。"他用又尖又高的声音说。

邦德礼貌地笑了笑。

"听伦敦方面说，你杀过人。我信。我能看出来你有这本事。再替我们干活儿，愿意吗？"

"那就得看是什么活儿了，"邦德回答说，"或者说，"他希望他的答话听起来不要太做作，"得看你出多少工钱。"

驼背发出一声尖笑。他转过身去非常粗鲁地对司机说："罗克，把球拿来，切开。"他一甩胳膊，摊开了手掌，一把对开的小刀在手上放着，刀的把柄处用橡皮膏缠着。是一把掷刀。刚才他露的那两下子倒是也干净利落。

"是，老板。"司机迅捷地接过小刀，单腿跪在地板上打开了球袋。

驼背重新回到办公桌前坐下，端起装牛奶的玻璃杯厌恶地看了看，三口两口就把牛奶喝光了。然后他看了看邦德，似乎在等待他说点儿什么。

"您有溃疡症？"邦德很同情地问道。

"这不是你该管的事！"驼背非常气愤地说，接着又冲司机大声嚷道："还等什么呢？快把那几只球给我放到桌上，切开。挖出球的号码下面的塞子就可以了。"

"老板，马上好了。"司机说。他赶紧把六只高尔夫球捡起来放在桌上，其中的五只还用黑色包装纸包着。他拿起一只，用刀尖狠狠地扎了进去，旋转了一下，然后交给了驼背。驼背又在那儿挖了一下，三块约十至十五克拉重的原料钻石就被倒在了皮质的桌面上。

驼背用手指尖碰触了一下这些钻石。

司机继续卖力地挖着，终于十八块钻石全部倒在了桌上。这些钻石因为还未经琢磨，所以看上去并不怎么漂亮。假如这些都是上等钻石，加工出来的总价，邦德估计可达十万英镑，相当于近三十万美元。

"罗克，"驼背说，"就这些，一共十八块。把这些球棒拿走吧，让人送这位兄弟去阿斯特饭店，房间已经订好了。他的行李也顺便送到他的房间去。"

"好的，老板。"司机系上球袋，把它扛在肩上，向门外走去。

邦德在一把靠墙边的椅子上坐下来，正好面对着驼背。他点燃了一支香烟，抽了一口，又朝驼背看了一眼说："如果您乐意的话，现在就请把那五千块钱给我吧。"

驼背一直在暗中观察着邦德的一举一动。他低下头，把桌上那堆钻石排成一个圆圈，然后又抬头看着邦德，尖声尖气地说："邦德先生，五千块钱一个子儿也不会少你的，说不定还会多一点儿。不过，安全起见，支付的方法得想一想。我们不打算付现金。邦德先生，你明白这是为什么。突然得到这么多钱，对于一个人来说是很危险的，说不定他会四处炫耀，还会肆意挥霍。如果引起警察的怀疑，询问他钞票的来源，他一旦回答不上来，可就麻烦了。你说是吗？"

"是的，你讲得很在理。"邦德没想到驼背是如此的稳健和精明。

"所以，"驼背接着说，"我和我的朋友们在支付报酬时一向很谨慎，极少会一次性全部付清。一般每次付的数目都不大。我们会想法让他得到更多的钱。当然你也一样。现在你身上有多少钱？"

"大概三英镑，还有一些零钱。"邦德答道。

"如果那样的话，你可以这样描述那五千元的来源，"驼背说，"你今天见到了多年未见的老友特瑞，"他用手指着自己的胸脯，"也就是我。我们两个是1945年在伦敦认识的。那时我正在那儿处理一批陆军的剩余物资。记住了吗？"

"记住了。"

"我们在萨伏亚大酒店玩桥牌的时候，我欠了你五百美元，记得吗？"

邦德点点头。

"今天我们又在美国重逢了。说好用赌银币正反面的方法来销账。如果你猜对了，我就要加倍偿还欠你的钱；如果猜错了，咱们就两清了。结果你赢了，所以你得到了一千美元。我是个诚实守信的纳税人，完全可以作你的证人。瞧，这是一千块钱。"驼背从裤子的口袋里掏出一个皮夹子，从里面抽出十张一百美元的钞票放在桌子上。

邦德拿起钞票，很小心地放进了上衣口袋里。

"还有，"驼背接着说，"既然来了美国，就得去看看赛马。于是我建议你去看看萨拉托加大赛，这是一年一度的赛马盛会，下星期一开始。你觉得这是个好主意，于是便带着你那一千块钱去萨拉托加了。"

"好的。"邦德说。

"你到了那里，把赌注压在了一匹马上。如果赢了，就可以赚五倍。很幸运，你一下子就赢了五千块。这样，哪怕有人查问起这钱的来源，你也可以理直气壮地说是你赌马赚来的，并且有人作证。"

"但万一输了呢？"

"不会的。"

邦德没有再说下去。至少他已经知道，他们在赛马上会动手脚。他已经踏进了一个歹徒的圈子。他要打开那双毫无表情的瓷质眼珠的缺口，然后钻进去。

"那太好了，"邦德连声称赞，希望用几句奉承话作为敲门砖，"您真是见多识广，深谋远虑。为您这样的人效劳是我的荣幸。"

但瓷质眼珠并没有对这几句奉承做出任何反应。

"我打算在这儿待一段时间再回英国。不知您这儿需不需要像我这样的人？"

驼背那双瓷质眼珠的视线从邦德的眼睛处慢慢移开，转而端详着他的脸部和胸部，好像是在马市上检查马匹一样。他又低头看了一会儿放在桌上的钻石，若有所思地把它从圆形改成了方形。

室内安静极了。邦德看着自己的手指甲。

"有这种可能，"驼背抬起头来答道，打破了屋里的寂静，"我可以再派你干点儿别的活儿。到目前为止，你还没有出过差错。好好干，安分守己点儿。赛完马后，给我打个电话，我告诉你干什么。不过，一定要稳重，服从命令，明白吗？"

邦德紧绷的神经终于放松了一些："我不会干过分的事的。我就是来找活儿的。你告诉你的手下，我不会耍花样的，我只要钱。"

不知道为什么，瓷质眼珠突然间变得十分恼怒。邦德担心自己说得太离谱了，反而弄巧成拙。

"你以为我们是什么人？"驼背尖声叫道，"难道是卑鄙龌龊的流氓帮吗？真该死！"他转而又无奈地耸了耸肩膀，"对于你这种英国佬，我们没办法让你了解这一切。好吧，记住我的电话号码：威士康辛7-3697。记住下面我对你说的话，但是绝对不能说出去，否则小心你的舌头。"沙迪发出一阵刺耳的笑声，让人感到毛骨悚然，"星期二会进行第四次赛马，是三岁马匹125英里的比赛。在票快要售完的时候，你再下赌注，压上你的一千美元。明白了吗？"

"明白了。"邦德边回答边用铅笔在记事本上快速地记着。

"好的。"驼背命令说，"买那匹叫'赧颜'的马，准没错。它脸上长着白斑，四只小腿也全是白色。"

第八章
旧 友 重 逢

中午十二点半，邦德乘电梯下楼，走出了大门，外面的空气非常燥热。

他拐过弯，顺着人行道慢慢地向泰晤士广场走去，走到"钻石之家"镶着大理石的门前，他停了几分钟，透过衬了藏青鹅绒的两个橱窗，看里面摆放的首饰。一个橱窗里放了一套首饰：一个圆形的大钻石和一对光彩夺目的菱形钻石耳坠，它们在阳光的照射下熠熠生辉。旁边有一块名片大小的金箔板，上面有一排花体字："钻石恒久远"。

邦德笑了笑，心想不知道这四颗大钻石是谁带进纽约的。

邦德在街上无聊地溜达着，想找一家带冷气的酒吧，在里面坐一会儿，冷静地思考一下。他对这次接头非常满意，至少不至于像他想的那样被撵出去。他想起驼背的行为举止就觉得好笑。自负、虚荣、富有表演天才，这些都是他的特征，不过也不是个好惹的。

转了几分钟，邦德感觉后面有个人在盯梢。他立刻停下来，站在了一个橱窗前面，转过头朝四十六号街望去。路上只有一些闲杂人员在不慌不忙地走着，大多数人和他一样，都靠路上有阴影的这一边走着，他并没有看到突然闪躲进商店的影子，也没有看见为了不被人发现而故意用手帕揩脸的人，更没有看到蹲下来系鞋带的人。

橱窗中陈列着瑞士表，邦德看了看，然后转身接着往前走。他走了几步，又故意停下来看了看，还是什么事都没有。他继续走了一段路，便向右拐进了美洲大道，在这条路的第一家商行门前停下了脚步。那是一家女士内衣专卖店，里面一个穿褐色西服的人背朝门口站着，正低着头看模特儿身上的黑色吊袜。邦德把身体转过来，靠着柱子，懒懒地望着街上。

忽然邦德感觉有东西碰了一下他的手臂，紧接着一个粗鲁的声音说道："嗨，英国佬，想不想请我吃饭？"那人用块硬东西抵着邦德的腰。

那是一个听起来很熟悉的声音。邦德斜着眼睛使劲儿往下看，想知道是什么东西搭在了他的右臂上，原来是一只钢钩。他突然一个急转身，伸出左手朝对方打去，速度如闪电般迅速。不料那人只用手轻轻一挡，就把他的左手给抓住了。这时，邦德察觉到那人并没有带枪，一个懒洋洋的声音对他说："詹姆斯，别这样。真是冤家路窄，怎么又碰见你了？"

邦德连忙回头看去，原来是老朋友费利克斯·莱特，想不到又在纽约碰上他了。莱特原来是美国中央情报局的秘密情报员，邦德曾和他在一起办过好几个案子。邦德上次见到他时，他因处理一起美国黑人的案子而受了伤，躺在佛罗里达的一家医院里，全身都缠着绷带，一只手臂和一条腿也毁了。

"原来是你这个得州佬在暗中盯我的梢。"邦德说道。"你在这儿干吗？是不是有病啊，大热天的逛街？"莱特问道。邦德掏出一块手帕擦了擦满脸的汗水说："你吓了我一跳。"

　　"没那么严重吧？"莱特连嘲带讽地笑着说，"你那么不中用吗？怎么，丢了魂了，都分不清警察和流氓啦？"

　　邦德无奈地笑着说："你这个间谍太倒霉了。我得罚你买酒赔罪。说说你怎么会在这儿？我想我们可有说不完的话了。是不是该请我吃个午餐？我知道，得州佬有的是钱。"

　　"没问题。"莱特满口答应。他收起钢钩放进右边衣袋，搂着邦德的臂膀，沿街向前走。这时邦德才注意到这个老朋友瘸得很厉害。"在得州，连跳蚤都请得起猎犬来陪它们玩。走吧，咱们去沙迪餐厅。"莱特说。

　　到了餐厅，莱特领着邦德直奔二楼。一楼往往是演员和作家们聚会的地方。邦德发现莱特上楼梯非常费力，得扶着栏杆一步一步地慢慢走。邦德没好意思问他原因，独自在盥洗间洗手时，邦德对于刚才发生的一切才回过神来，莱特上一次做出了多么大的牺牲啊。左腿跛了，右臂干脆切除了，现在右眼角上方还能看出有一条不明显的疤痕，估计做过植皮手术，其他方面就没什么变化了。灰色的眼睛依然炯炯有神，坚定不屈，满头如干草般的头发看不到一丝白发，从整个神情上，看不到一丁点儿伤残的苦瓜相。但是，在他们一路走来的这短短时间里，邦德已经感到老友往日健谈的风格已经消失了，也许是因为受了伤，也许是因为有任务在身。不过估计前者的可能性更大一些。

　　邦德回到餐桌时，半杯淡味的马提尼鸡尾酒已经放在了桌上，里面还漂着一片鲜柠檬。这是老朋友的脾性，邦德对老友微笑着表示谢意。他喝了一口，味道相当不错。

　　"里面加了点儿苦艾酒，"莱特说，"这是加州名产。不知道你是否喝得惯？"

"这是我第一次喝到这么好的苦艾酒。"

"我还给你要了份熏鲑鱼和红烧里脊牛肉。这儿的牛肉可是有口皆碑,可以吗?"莱特问。

"你说了算,你和我在一起进餐那么多次,你了解我的口味。"

"我已告诉他们菜慢点儿上,"莱特说着,从衣袋里取出钢钩在桌上敲了几下,"告诉我,你要和我的老朋友沙迪·特瑞做什么买卖?"莱特面带笑容地看着邦德说,"再来一杯马提尼如何?"他又向侍者要了一杯酒,然后挪了挪椅子,身子向前倾了倾。

邦德喝完了一杯马提尼,然后点燃了一根香烟。他非常谨慎地向四周看了一看,发现附近的餐桌上连一个人都没有,这才转回头来看着莱特。

"还是先谈谈你吧,老朋友,"他轻声地说,"这段时间你在替谁办事?还在中央情报局吗?"

"没有,"莱特说,"因为少了一只手,我只能坐办公室。我对他们说,还是想另外再干点儿外勤工作,他们便给了我一笔优厚的抚恤金,打发我回家了。后来平克顿找我帮忙,你知道的,就是那帮号称'二十四小时服务'的家伙。我现在是他们的私家侦探。很有趣吧?我和那帮家伙相处得还不错。再干几年,我就领一笔养老金退休了。现在我主要负责调查赛马场里那些给马服违禁药品、赛马作弊、预测结果、马厩夜间值勤等勾当。这事还真不错,至少可以让我周游全国。"

"听起来真带劲,"邦德插嘴说,"我真不知道你对马还有研究。"

"我可没那本事,"莱特说,"不过,接触多了,慢慢儿也能了解一些。再说我调查的也并不是马本身,而是和马打交道的人。你最近怎么样?"他声音压得极低问道,"还在那家公司吗?"

"是的。"邦德说。

"这次是来美国办案子？"

"没错。"

"一个人来的？"

"对。"

莱特突然叹了一口气，然后便盯着马提尼鸡尾酒看了好长一会儿，终于还是忍不住说："我说，你如果是孤身一人跟斯潘帮干，那你也太自不量力了。实话告诉你吧，我是提着脑袋在这儿和你吃午餐呢。干脆我把今天早上调查沙迪·特瑞的情况告诉你吧，或许我们还能互相支援。当然，这是你我私下里的交情，和我们的单位无关，对吗？"

"莱特，你知道的，我当然愿意和你同心协力，"邦德一脸严肃地说，"虽然我们现在是各为其主，但如果追赶的是同一只野兔子，为什么不互相支援呢。我问你，"邦德故弄玄虚地说道，"你最感兴趣的是不是那匹被叫作'赧颜'的马？它的脸上有白斑，四条腿也是白的。"

"没错，"莱特没表现出丝毫的惊讶，"下星期二它要在萨拉托加马场比赛。我不明白这匹马儿怎么能和大英帝国的安全挂上钩？"

"他们让我把赌注压在这匹马身上，"邦德说，"赌注是一千元，要是赢了正好抵我这一趟差的酬劳。"说完他从嘴里抽出香烟，用手捂着嘴小声解释道，"我今天早上才乘飞机到这儿，给斯潘先生带来了原料钻石，估计得值十万英镑。"

莱特此时两只眼睛眯成了一条缝儿，看得出来，吃惊不小。他吹了一声口哨说："好家伙，你的胆子可真不小啊！我对'赧颜'感兴趣，只是因它是冒牌货。星期二参加比赛的那匹马根本不是'赧颜'。'赧颜'只出场过三次，成绩非常一般，所以他们就把真的'赧颜'给毙掉了。

这个替身本名叫'霹雳火'，长相和'赧颜'极像，脸上也有白斑，四条腿也都是白的，全身是彩色。他们去年花了整整一年的时间来纠正它与'赧颜'的不同之处。据说是斯潘在内华达州的牧场进行的，他们想靠它赚大钱。这是一场大赛，赌金高达两万五千美元。我敢打赌他们肯定会大赚一笔的。至少这匹马可以为他们赢五次，或者十次，甚至十五次。"

"我听说在美国赛马场上的每匹马，它的嘴唇上都打了戳，他们如何冒名顶替呢？"邦德有些疑惑。

"他们曾给'霹雳火'的唇部做过植皮手术，把'赧颜'的戳记植了上去。打戳记早已是过去的事了，平克顿的同事告诉我，现在赛马俱乐部建议改用'夜眼'照相来鉴别马匹。"

"什么是夜眼？"

"就是你们英国人说的'胼胝'，它是长在马匹膝部内侧的茧皮。不同的马的茧皮也都不一样，就好像人的指纹。但是，即便如此，依然无法避免作弊。等到所有的赛马都用夜眼的方法被照下来留影存档时，也许美国的歹徒已经想出了用药水改变茧皮的办法了。道高一尺，魔高一丈啊。"

"你怎么知道这样多关于'赧颜'的内幕？"

莱特显出得意的神色："我有内线，马厩的管理人员被我买通了。"

"那么这种舞弊行为，你拿什么办法制止呢？"

"走一步看一步吧。我准备星期天就去萨拉托加。"莱特忽然变得非常兴奋，"嘿，咱俩一起去吧。自己开车去。你可以住在一家汽车饭店——沙加摩尔镇上的天鹅汽车饭店。咱们不要住在一起，白天最好也别一起露面，晚上我们可以约在一个地方见面。你觉得怎么样？"

"好极了，"邦德说，"现在都两点啦，快吃饭，吃完了我把我的事告诉你。"

加拿大的熏鲑鱼当然和地道的苏格兰货不能相比。不过里脊牛肉却是名不虚传，非常嫩，只需用叉子就能把肉切下来。邦德吃了半只热带梨，然后开始小口地品尝咖啡。

"事情是这样的，"邦德一边喝着咖啡一边讲着事情的大致经过，最后说，"我猜，钻石走私是由斯潘兄弟负责，而钻石的加工与销售则是由'钻石之家'经办。你怎么看？"

莱特用他那残留的左手从烟盒里抖落出一支香烟，邦德用打火机替他点上了火。

"完全可能，"他停了一下，又说道，"不过，对于双胞胎的哥哥杰克·斯潘，我不是很了解。如果那个塞伊经理就是杰克，那我们可就是老相识了。我们那里掌握着这个匪帮全员的档案，而且对于凯丝，我也略知一二。她原本是个好姑娘，可惜在黑道混得年头太长了。她从一生下来就没过过好日子，她妈妈曾经是旧金山一家妓院的老板，生意还过得去，但由于走错了一步，一下子全完了。因为她妈妈不想再向当地黑社会缴纳保护费了，于是有一天，她决定支付给警察一大笔钱，以得到他们的保护。她真是愚蠢到了极点。一天晚上，当地黑帮派了一群手下把妓院给砸了。他们并没有去招惹那里的姑娘儿们，却把凯丝小姐给轮奸了，当时她才十六岁。从此以后她对所有男人都失去了信任，全无好感。那件事发生的第二天，她打开母亲的钱匣子，带了笔钱逃跑了。她孤零零一人在外谋生，做过女招待、舞女、摄影模特儿，就这样一直混到了二十岁。后来可能没有混好，又开始喝酒，她在佛罗里达州租下了一间屋子，整天除了酗酒，无所事事，当地人称她为'醉美人'。有一次，一个孩子不小心落水了，正好被她看见了，她奋不顾身地跳进海里救起了孩子，报纸上登出了她的事迹，她一下子成了英雄。有位有钱的太太很欣赏她，资助她到医院戒酒，又带她环游世界。当她们游玩到旧金山时，凯丝和那个女人告别，又重新回到了她母亲那儿。不过她已经无法适应那种平淡的生活了，于是她又去了里诺城，在那里的哈罗德赌场找了个活儿。我们的朋友塞拉菲姆就是在那儿遇上她的。他对她一见钟情。她这种漠视金钱、不愿失身的态度都让他喜欢。于是他把她安排在了拉斯维加斯赌城的冠冕大饭店。在冠冕大饭店，她已经干了两年，她轻易不去欧洲，除非有特别的任务。我觉得她本性是善良的，只是在受辱后没有好人引领她。

邦德仿佛又看见那双忧郁的眼睛从穿衣镜中注视着他，想起她孤独地在房间里欣赏《枯叶曲》的画面。"我喜欢她。"邦德斩钉截铁地说，此时他觉得莱特那双眼睛有些疑惑地凝视着他。他看了看表，然后对莱特说："看来我们两人要抓的是同一只老虎。不过每人抓住了老虎尾巴的不同位置。只要我们计算好时间，一同发力，后面一定有好戏看。我得回去了，我在阿斯特饭店订了个房间。星期天我们在哪儿会面？"

"最好别在这一带，"莱特说，"去普莱查广场附近吧。最好能早点儿，避开高峰时间。上午九点在公路站附近，那个公路站是运马的。万一我迟到，你顺便还可以去挑一匹马，这对到萨拉托加的用处大着呢。"

莱特付完账后两人下了楼，街上依然是热气逼人。邦德一招手，一辆出租车停了下来。莱特拍了拍邦德的肩膀，邦德感到很温暖。

"还有一件事，"莱特一本正经地说，"对于美国的帮匪，也许你还没有真正了解。他们比你过去对付的那帮家伙可是厉害多了。实话告诉你，斯潘帮虽然名字起得怪里怪气，但帮里的人却是非常精明，他们机构灵活，而且还有保护伞。美国现在可是和以前不一样了。不过别误会我的意思。那帮家伙实在是坏透了。你现在接的这个活儿也是臭气熏天的，"莱特松开手，邦德钻进了出租车，莱特又探着身子笑着说，"詹姆斯，知道为什么这么臭吗？是一股甲醛和臭娘儿们散发出的味道。"

第九章

思 绪 万 千

"别在我身上浪费钱了，我可没那么容易醉。"凯丝小姐冷冷地说，"你为什么要我跟你喝这种伏特加与马提尼的混合烈酒，我可不想和你一起睡觉。"

邦德哈哈大笑，凯丝小姐的话一语中的。他要了酒，转过来对她说："咱们再点些菜吧。鲜贝和猪蹄怎么样？也许吃过晚饭后你就会改变主意了。"

"听着，邦德，"凯丝警告他，"你要是真舍得花钱，就给我来份鱼子酱，还有你们英国人所说的炒肉排，再要一杯香槟。我极少和英国绅士用餐。你和我都要规规矩矩的。"突然她的身子一倾，向邦德靠过来，一只手则压在了邦德的手上，"对不起，我不是来敲你竹杠的。这顿饭我请吧。我的意思是我们在一起吃饭的机会难得。"

"别傻了，蒂凡尼，"邦德笑着说，这是他第一次直呼其名，"为了这个约会，我已经等了好几天了。我要和你点一样的菜，钱不是问题，我现在已经捞到了一笔钱。我和特瑞有一笔五百元的旧账，今天上午我们决定用赌银币正反面的方法来处理这笔旧账。要是我输了，旧账就一笔勾销；要是我赢了，旧账就要翻番。结果我赢了，赚了一千元。"

当提到沙迪·特瑞时，凯丝的脸色突然起了变化。她粗声地说道："那好吧，就由你来付账吧。"

侍者送来了马提尼鸡尾酒，同时还带来了一只空酒杯，里面放着几片鲜柠檬。邦德拿起柠檬，先往自己的酒杯里滴了几滴，然后便让它们沉到了杯底。他举起酒杯，从玻璃杯的上面朝她望过去，然后说："为这次任务顺利完成干杯！"

凯丝撇了撇嘴，一口气喝下了半杯酒，把酒杯重重地往餐桌上一放，然后冷冷地说："还不如说，为我刚刚从突发的心脏病中恢复而干杯；为你那糟糕的高尔夫球艺干杯。当时，我还以为你会拿出高尔夫球和球棒，当场给他表演呢。你真的八十多杆进洞？"

"哪有啊。当时我也吓了我一跳。不过你也好不到哪儿去，不停地打火。我敢打赌，你肯定叼错了香烟的头，点的是带滤嘴的那头。"

她笑了笑，并说道："你的听力还真不错。算你猜对了。好了，我们别再互相揭短了。"她将剩下的鸡尾酒一饮而尽，"看来，你的酒量也不过如此嘛。再给我来一杯。你也该要菜了。难道你希望我在点菜之前就醉倒吗？"

邦德朝侍者招了招手，点了两道菜，又要了一些玫瑰酒。

"我将来要有儿子，他长大后，我一定要告诫他，"邦德说，"钱可以随便花，但千万不可贪杯。"

凯丝有些不耐烦地说道："别再唠叨这些了，换个话题吧，评价一下我的着装好不好？俗话说得好：'如果你不是看上了树上的梨子，干吗要去摇梨树呢？'"

"我连树都摇不到，因为你不让我靠近树身呀！"

凯丝"扑哧"一声笑了，说道："邦德先生，你很会说话哟！"

她的话里带着些风情。

"说到你今天晚上的装扮，"邦德带着几分欣赏地继续说，"真是太美了，犹如梦中情人。黑色天鹅绒是我最喜欢的，尤其是皮肤较黑的姑娘穿着的时候。你没染指甲，也没有浓妆艳抹，真是清水出芙蓉。我敢保证，你今晚是纽约市最美的姑娘。但我不知明天你又要和谁进行交易。"

凯丝端起了第三杯酒，眼睛在酒杯上盯了好一会儿，才慢慢地把酒喝完。她放下酒杯，掏出一支香烟，让邦德替她点着。她深吸了一口烟，慢慢抬起头，透过袅袅的烟气看着邦德，大眼睛一眨一眨，仿佛在说："我喜欢你，但你不能太着急，对我要尽量温柔些、好些。"

鱼子酱上来了。他们回过神来，又听见了餐厅里人们嘈杂的交谈声。

"想知道明天我要去哪儿吗？"当着侍者，她就谈起公事来，"我要回拉斯维加斯。先坐火车到芝加哥，然后乘飞机去洛杉矶，最后再回冠冕。你是怎么打算的？"

侍者知趣地走开了。两个人吃着鱼子酱，没有说话。邦德感到，现在这个世界上只剩他们两个人了。他已经找到了关键问题的答案。对于那些不重要的细枝末节，可以暂时抛开。

邦德将身体靠着椅背坐直。侍者送来了香槟酒，他尝了一口，冰凉并略带点草莓味儿。

"我要去萨拉托加，"邦德这时才回答说，"想去赌马，好赢一笔钱。"

"如果我猜得没错的话，这又是事先安排好的，"凯丝带着点儿刻薄的语气说，她喝了一口香槟接着说，"沙迪好像很欣赏你，可能想拉你入伙。"

邦德低头看着酒杯里淡红色的香槟酒，他感到自己和这个女郎中间慢慢升腾起了爱情的雾霭。他喜欢她，但是，他现在必须控制自己的感情，好从她那里套出一些情况来。

"太好了，我希望如此。"他轻松地说，"不过，这究竟是个什么帮？"说完他赶紧点燃一支香烟吸起来，借此来掩饰自己内心的不安。他觉得她在用锋利的眼神看自己，他有些忐忑。但他那职业化的头脑还是迅速地冷静了下来，看看对方做何反应。

她说："斯潘帮是斯潘两兄弟建立的组织。在拉斯维加斯，是他弟弟杰克雇用的我；有人说哥哥在欧洲，但实际上没有人知道他究竟在什么地方。另外，还有一个代号为 ABC 的人，我做钻石生意时，都是他发布命令。我的老板叫塞拉菲姆·斯潘，杰克是他的外号，他对赌博和赛马都非常感兴趣，经营着拉斯维加斯的冠冕大酒店和一家电讯公司。"

"你在冠冕酒店做什么？"

"只是在那儿工作。"她回答得很简单。

"喜欢那儿的工作吗？"

这问题真是太愚蠢了，她不屑回答。

"至于沙迪·特瑞，"她转换了话题，"老实说，他人不是很坏，只是有些奸诈。你和他握过手后，最好看一下有没有少一根指头。妓院、马匹兴奋剂之类的事都归他管。除此之外，他还管着形形色色的流氓、地痞、无赖，都是些亡命徒。"她的眼光有些凝滞，"用不了多久你就会领教到的，"说完她又添了一句，"我想，你会喜欢他们的。你们是一路货色。"

"见鬼去吧，"邦德生气地说，"我只不过是接了一笔买卖罢了。

我总得挣点儿钱。"

"挣钱的方法有的是。"

"还说我，你自己不也是心甘情愿地跟着这帮家伙吗？"

"你算是说到点子上了，"她苦笑了一声，刚才那种刻薄的腔调荡然无存，"但是，请相信我，你要是跟斯潘那帮家伙签合同，就算跳进火坑了。我劝你还是三思而后行吧。你一旦入了伙，就千万不能出错，否则你就有罪受了。"

侍者又送上来一道菜，并打断了他们的谈话。这时店主走了过来："你好，凯丝小姐，好久不见。拉斯维加斯一切可好？"

"迈克，"凯丝抬头冲店主微笑了一下，"冠冕还是老样子。"她又转头瞟了一眼餐厅，恭维道，"你这家小店看起来生意不错。"

"还好，"老板说，"只是营利税高了点儿，而且很少有像您这样漂亮的女顾客光临。您要多多捧场才是。"他又朝向邦德笑着问，"饭菜都合口吗？"

"好极了。"

"还请您多多惠顾。"他冲侍者打了个响指，吩咐道："山姆，问问我这两位朋友，咖啡里面还要加点儿什么。"说完，他向他们点了点头，走向了另外一张餐桌。

凯丝要了一杯威士忌苏打水，加白薄荷油的那种，邦德也要了一杯。

甜酒和咖啡都端上来了，邦德接着说："凯丝，我看，这样走私钻石也没什么难的。我们为何不多走几趟？有个两三趟，就能得到不少钱。移民局和海关那儿也没什么了不起，他们还不至于故意刁难吧？"

凯丝并没有正面回答他，只是说："那你去和我的上司 ABC 说吧。我一直和你强调说，这帮人绝顶聪明。他们很重视这门生意，把它当作大事情来干。送货人一般都是新手，每次由我来护送并监视，但是我并不是唯一的监视人，路上还有其他人。我敢打赌，飞机上肯定还有别人在监视。我们的一举一动都逃不过他们的眼睛。"她越说越气愤，"还有，我和ABC从未见过面。在伦敦我都是按照事先的规定接通电话，电话那边是由录音机来传达行动命令的。我每次的报告，也都是通过电话录音转达。老实说，他们对人一向如此。你还有什么要说的？"

"明白了，他们的确想得很周到。"邦德装出一副佩服的模样，心里却在琢磨着怎样才能从凯丝那儿套出ABC在伦敦的电话号码。

"那当然！"凯丝有点儿不耐烦地回了他一句。看来她对这个话题有点儿厌烦。她端起酒杯，把杯里的威士忌一饮而尽。

她似乎在借酒浇愁，邦德看出来了，便提议道："要不要再去别的地方转转？"

"不要。"她回绝得很干脆。"送我回家吧，我喝得差不多了。真讨厌，你为什么总是谈那帮无赖？不会谈点儿别的吗？"

邦德付了账，默默地搀扶着她下楼，从饭店出来，清凉的感觉马上消失了，扑面而来的是闷热而掺杂着汽油味和柏油味的夜晚。

他们坐在出租车里。凯丝缩成一团坐在后座的角落里，手撑着下巴，两眼往窗外漫无目的地看着。"我也在阿斯特旅馆住。"她说。

邦德默不作声，也呆呆地望向窗外。他暗自诅咒着自己现在的工作，真想直截了当地告诉她："我爱你，跟我走吧。不要害怕。"她一定会答应的，可是他又不希望真的是这样。他的工作命令他要充分利用这个女人，但是无论如何，他绝不想把爱情当作手段来利用她。

车停在了阿斯特饭店门口，他扶着她下了车，在人行道旁站住。他给司机付车费时，她背对着他，然后他俩都很沉默地上了楼梯，就像一对刚刚争吵过的夫妇。

从服务台拿了房门的钥匙，她走到电梯旁对侍者说了声"五楼"，便进了电梯，面朝门站着。电梯在五楼停下了，她匆匆走出电梯，邦德尾随其后，她也没有反对。拐了几个弯。到了她房间的门外，她弯腰拿钥匙打开了房门，然后转过身面对着邦德。

"听我说，邦德……"

看架势她似乎要进行一场慷慨激昂的演讲，但没想到刚开了个头就戛然而止了，她抬起头来望着邦德的眼睛。这时邦德才发现，她已是泪眼蒙眬。突然，她用手搂住了邦德的脖子，叮咛道："邦德，照顾好自己。我不想失去你。"然后她吻了一下他的脸。这个深深的长吻里面蕴涵着激烈的情感，而不带一丝性欲的成分。

当邦德刚想去搂她并还她一吻时，她的脸色突然一沉，用力挣脱了。

她的手握住了门上的旋转柄，转身注视着邦德，含情脉脉，但却充满悲伤。

"现在，你走吧。"她狠狠地说，然后门"砰"的一声被关上了，上了锁。

第十章

赛 马 前 夕

　　整个星期六，邦德都是在阿斯特饭店开着冷气的客房中度过的。一方面是他想睡个觉，消消暑，但更重要的还是为了草拟一份要上呈M局长的电报稿。这份电报稿他起草了一百多字，收报人是伦敦国际进出口贸易公司的总经理。当天的日期就是密码的基本字码，那天是八月四日星期六，所以密码便是八四六。

　　在电报的最后，他指出，杰克·斯潘那里是钻石走私集团的起点，经过鲁弗斯·塞伊经理，最后到达终点塞拉菲姆·斯潘那里。沙迪·特瑞的办公室是这条线路的重要中转站，主要接收走私货并送交加工，最后的经销可能是由"钻石之家"负责。

　　邦德希望伦敦方面马上对塞伊经理实行监控，他还报告说，似乎所有的走私行动都是由一个代号为 ABC 的人在暗中指挥着。不过 ABC 究竟是什么人还不能确定，只知此人住在伦敦。只要能找到 ABC，就能知道走私的起点在非洲的什么地方。

　　邦德表示要把凯丝当作突破口，继续追查直至摸清塞拉菲姆·斯潘的整个体系。

　　电报中也略微提了一下凯丝的历史。邦德亲自去西联电讯公司发电报，并要求加急拍发。回来后他冲了个澡，然后来到餐厅要了两杯伏特加酒和一杯掺马提尼的鸡尾酒，吃了些芙蓉蛋和草莓鲜果，他边吃边看萨拉托加本年度的赛马简报。

对于大赛中夺标呼声很高的那些名马，他格外注意。一匹是惠特尼先生的名叫"再来"的马，一匹是威廉·伍德沃德先生的名叫"祈求"的马，但报上没有提到"赧颜"。

用完餐，邦德步行回到了饭店，倒头就睡了。

星期日上午九点整，邦德站在了饭店门外的人行道上，手里提着手提箱，一辆黑色的跑车"嘎"的一声停在了他的面前。他把箱子扔在了车后座，自己则坐在了前排的莱特旁边。莱特伸手拉了一下风挡上方的控制柄，又按了一下仪表上的电钮，帆布顶篷便缓缓地向后伸展，罩在了车的后部。车子从中央公园地区迅速地驶过。

"萨拉托加离这儿大约有两百英里，"莱特开始开口说话了，此时汽车开始沿着哈德逊河滨大道向北驶去，"哈得逊北部，属于纽约州，正好位于阿迪朗克山南部，离美加边境不远。我们沿着塔克尼克公路走，不需要开得太快，反正也没什么急事。我可不愿意吃罚单。纽约州的限速是每小时五十英里。而且这里的纠察又特别较真儿。不过如果真有急事的话，我们也可以不理他们那套。只要别让他们逮着，自然也就不会被罚。如果出庭时承认他们的摩托车竟然赶不上别的车辆，他们自己也会觉得面上无光。"

"不过我估计，那些摩托车每小时怎么也能跑九十多英里。"一说公路飞车，邦德来劲了。他没想到这位缺胳膊断脚的老友居然在公路上大出风头。于是恭维说："我竟然看不出这辆破车能跑这么快。"

前面的道路非常平坦。莱特从后视镜里看了一眼后面，然后把车加到了第二挡，同时右脚向前蹬去。邦德立刻觉得头部紧贴着肩胛骨，脊椎骨使劲儿地抵住了靠垫。他瞟了一眼计速器——八十英里。莱特又用钢钩把车速推到最高挡位，车速越来越快。九十英里，九十五英里，九十六英里，九十七英里。前方横卧着一座大桥，桥的前面有一段是环状引桥。莱特的右脚踩刹车，放松了油门踏板，车速降了下来，到了七十英里，车子稳稳地驶向环状坡道。

莱特侧过脸冲邦德笑道："我大概还可以再加速三十英里。不久前，我花五元钱试了车，最高时速可达一百二十六英里。"邦德带着怀疑的语气说："我实在看不出来你这是什么牌子的车，是不是出自司徒贝克厂？"

"是个混装品，说它出自司徒贝克也可以，"莱特说，"底盘是司徒贝克的，发动机是卡迪拉克的。变速齿轮箱、刹车和后轴则是纽约市附近的一家小厂特制的。这种车的年产量很少。底盘是由法国世界级汽车设计师莱蒙罗维设计的。和你那辆老掉牙的本特莱牌跑车比好多了！"说到这里，莱特笑了起来。他掏出了十个美分，准备付亨利哈德逊河桥的过桥费。

汽车驶过大桥，又开始超速了。邦德说："难道你非得等把车轮跑飞了，才能知道厉害？这种杂牌货，也就能蒙一蒙那些买不起名牌车的孩子。"

一路上，他们都在争论着英国和美国跑车孰好孰坏的问题。他俩一个说英国车好，一个说美国车也不错。直到汽车到了一个渡口，他们要付过渡费时，争论才停止。之后，汽车就在草原与丛林中蜿蜒前行。邦德惬意地在椅背上靠着，尽情享受着沿途这一段全球闻名的美丽风光，心里却还在想着凯丝小姐。她现在在做什么？萨拉托加赛马会后，自己怎样再与她见面？

中午十二点半，他们把车停在了贝斯克村，在那里的一家嫩鸡快餐店吃午餐。快餐店的外形是典型的西部木屋，里面的设备一应俱全：在长柜台里有各种名牌巧克力、棒棒糖、香烟、雪茄烟、杂志和小说。老式电唱机擦得锃亮，如同传奇电影里的道具。屋子的大厅稀疏地放着十几张松木桌子，桌面已经被磨得非常光滑，墙边上还有十几个开放式的单间。菜单上特别推出了小店的两道名菜：炸子鸡和山涧鲜鱼，事实上那种所谓的"鲜鱼"在冰箱里至少已经放了几个月了，除此之外，店里还经营几种快餐。店里的两名女招待忙碌地来回奔走着。

这家店上菜的速度很快，炒鸡蛋、煎香肠以及烤面包的味道都还说得过去。他俩吃完饭，又喝了两杯冰咖啡，然后便匆匆离开了，继续赶路，去萨拉托加。

"这个赛马胜地，一年十二个月当中有十一个月都是死气沉沉的。"莱特边开车边说道，"平时，这里只是供人们洗温泉浴和泥浆浴的地方，据说这对治疗风湿病和关节炎很管用。在淡季，它只不过是一个矿泉治疗场。这里的人一到晚上九点，就都睡觉了。白天，在大街上至多也只能看见两个老头子在谈论一些诸如联邦饭店的大理石地面是黑色还是白色之类的无聊问题。八月，是这儿的黄金季节，一到这时候萨拉托加就会变得热闹起来。论规模，这儿的赛马大会在美国可是屈指可数。像惠特尼和伍德沃德这样养名马的人都会来到这里。所有能出租的公寓全部对外开放，租金会骤增十倍。美国赛马场有个传统，赛马筹委会要给看台刷新的油漆，马场中央的池塘里也要放几只天鹅和一只印第安人的独木舟，并且打开喷泉。"

莱特继续说："多年来，萨拉托加温泉一直被黑社会大老板们控制着，他们是靠手枪和棒球争来的控制权。场外的马票经纪人要想有生意可做，就必须向大老板们缴纳保护费。它像赌城一样的污秽下作。除了像伍德沃德和惠特尼那样的养马富翁参加赛马外，黑帮也养着许多马匹。为了与伍德沃德和惠特尼较量，斯潘兄弟就经常放出黑马。如果每年在大赛中有冷门爆出，赢得头马，马主就可以一次性净赚五万美金。与马票经纪人的场外斗争相比，这可是要激烈得多。这些年来，萨拉托加的霸主已经更换了好几拨，就像那儿不断更换热泥的泥浆浴一样。

公路的右侧立着一块大广告牌，上面写着：欢迎入住萨加莫尔饭店。这里可向您提供空调、电视、席梦思等设备，离萨拉托加仅五英里。

第十一章

赛 马 潜 机

一到萨拉托加，邦德就感觉到身心愉悦。绿色的草原上到处都是高大的榆树，殖民时期建造的房屋依然整齐地排列着，甚至是十字路口都有着欧洲乡村的宁静。在这里，马匹随处可见。每当有马匹要穿过马路时，警察往往会挥手让其他车辆先停下。有赶马匹出厩的；有骑马在镇郊的煤渣路上漫步的；有牵着许多马匹进入马场，在赛场跑道上进行常规训练的。各种肤色的人三五成群聚在街头巷尾，不时地传来阵阵马嘶声和马蹄声。

这个城镇似乎是一个英国纽马基特城和法国维西城混合的产物。邦德觉得自己在这儿是个彻头彻尾的门外汉，但他却颇喜欢这种生活。

邦德让莱特在萨加莫尔汽车饭店停下了车，莱特把他放下，便开车去办自己的事情了。他俩约好见面只能在马场看台上或者在夜晚，还约好如果明天清晨"赧颜"在练习场做赛前最后测验的话，他们一定得去看看。莱特信心十足地说，只要他去马厩转一转，或者去餐厅溜达一圈，在傍晚前一定能搞到确切的消息。

在萨加莫尔饭店的大厅服务台，邦德办理了登记。他在表格上填上了："詹姆斯·邦德，来自纽约阿斯特饭店。"一个戴着金丝眼镜的尖下巴妇人站在柜台的后面。她目不转睛地打量着邦德，觉得他和有些无赖没什么区别，在饭店花上三十美元住上三天，享受完齐全的设备后，临走前说不定还会顺手牵羊拿走几块毛巾或几条床单。尖下巴妇人把四十九号房门的钥匙交给了邦德。

邦德提着大皮箱，穿过草坪，来到了四十九号房间。这是间套房，里面的设备和美国所有的汽车饭店标准一样，只配有带扶手的椅子、书桌、衣柜和塑胶烟灰缸。厕所和淋浴池标准很低，但也整洁干净。

邦德冲了个澡，换上一身干净衣服，走到街角的餐厅，吃了一顿快餐，喝了两杯威士忌。这是典型的美国汽车饭店模式。他回到房间，在床上躺着看了一会儿《萨拉托加报》。赛马花絮栏中介绍了在本年度大赛中驾驭"赧颜"的骑手，他叫贝尔。

刚过十点钟，莱特回来了。他一瘸一拐地走进邦德的房间，身上带着一股酒味和廉价雪茄的烟味。

"收获真不小，"他点燃一支烟兴奋地说，"明天早上五点咱们就得起床。听说五点半有一次半英里的计时练习。我们去看看这次练习都是谁上场。登记表上说，'赧颜'的主人叫皮萨诺，和拉斯维加斯冠冕大酒店的一位常务董事同名。他还有一个绰号，叫'老迷糊皮萨诺'，很好笑吧。从前在帮会里，他专门负责为马匹注射兴奋剂。他还经常带针剂到墨西哥边境，交给接头人，然后再把药卖到东海岸各地。因为这个，联邦调查局逮捕了他，而且还判了刑，在圣昆廷监狱蹲了一年。出狱后，斯潘让他在冠冕饭店干活儿，现在又让他做了饲养员，混得真不错。我真想看看现在的他是一副什么德行。他在圣昆廷监狱关着的时候，曾经被人狠狠地揍过一顿，现在脑子变得有些迟钝了，所以人们叫他'老迷糊'。'赧颜'的骑师名叫廷格林·贝尔。

这家伙功夫不错，人很正直。如果给他足够的钱，我想他倒是可以帮我们点儿忙。我打算找个机会把他约出来单独谈谈。'赧颜'的教练可不是个什么好东西，他叫罗塞·巴德，肯塔基州人，是训练跑马方面的专家。在南方的时候，他闯过不少祸，警方叫他'小捣乱'。盗窃、抢劫、强奸，这些事他都干过，警方那儿都有记录。但是近几年，他好像走上正道了，专门替斯潘训练马匹。"

莱特举手一弹，手里的香烟头便从窗口飞进了水仙花圃里。他站起来伸了个懒腰说："要痛痛快快地在这儿放一把火，看看热闹。"

邦德有些疑惑不解地问道："既然你都知道了，为什么不向筹委会告发他们呢？你的主子到底是谁？"

"我收了那些名马主人的聘金，"莱特说，"他们答应事成之后会再依据成绩给我奖金。我不想出卖那些马厩的侍者，搞不好那些歹徒会要了他们的命。真正的'赧颜'，兽医早就把它弄死了，几个月前就被火化了。我已经决定，对于这次赛马，我不想提起诉讼，只想狠狠地教训一下斯潘帮。你就等着看好戏吧。好了，明天五点钟我会敲门叫醒你的。"

"不必了，"邦德说，"我会准时在门口等你的。估计那时野狗还在对着月亮狂吠呢。"

邦德准时醒来。外面的空气非常的清新。他跟在走路一瘸一拐的莱特后面，穿过幽暗的榆树影子，直奔马厩而去。东方已现曙光，在马厩后面的野地上，炊烟袅袅升起，可以依稀听见钢桶的碰撞声和马夫喂马的声音，空气中能闻见一股咖啡和焦炭的味道。邦德和莱特走出树荫，向练习圆场的白漆木栏走去。马童们牵着一队披着毛毯的马群，从远处走过。可以听见马童使劲儿地吆喝着："咳，懒家伙，腿再抬高一点儿。拿出点儿真本领来。"

"他们这是要去晨练，"莱特说，"这个时候教练是最紧张的。因为要记下时间，当面给马主演示他的训练成果。"

他俩靠在栏杆上。清晨的阳光照射在跑道对面的树丛上，树的枝头顿时被染上了一层淡淡的金黄色。只短短的几分钟时间，黎明就褪去了最后一丝暗色，天完全亮了。

突然，有三个人出现在左前方的树丛旁。其中的一个人牵着一匹栗色的高头大马，那马脸上长有白斑，下肢也是白的，就好像穿了四只白色长袜。

"别看他们，"莱特轻声地警告邦德，"把身子转过来，看着从那边走过来的马。那个驼背的老头儿叫菲茨西蒙斯，是美国最有名的驯马师。那些马都是伍德沃德的，它们中有不少都有望在这次大赛中夺冠。牵着'赧颜'的马夫，不是别人，正是罗塞·巴德。后面那个穿淡紫色衬衣的就是老迷糊皮萨诺。嗬，那马可真漂亮。它脱了毛毯，似乎还不太习惯有些清冷的早晨。它猛地一转身，前蹄跳了起来，就跟疯了似的，马夫拼命拉住了它。它可千万别踢到皮萨诺先生。罗塞·巴德终于制服了它，让它平静了下来。罗塞·巴德松开了手，想让它放松一下。现在他终于领着'赧颜'走向了跑道的起点。罗塞·巴德骑上'赧颜'漫步跑向跑道上代表八分之一英里的标杆处。现在他们掏出了马表，转头看向四周。他们看到我们了。詹姆斯，放松点儿。'赧颜'一起跑，他们就注意不到我们了。好了，现在你可以转过身来了。'赧颜'已经站在了跑道的起点，他们取出双目望远镜，准备仔细观看'赧颜'起跑的动作。这次测验的赛程是半英里。皮萨诺站在了五号标杆旁。"

邦德转过身来，望向左边的跑道。在远处，他看到有两个胖子举着双目望远镜，透镜在晨光的照射下闪着光。他们的手中都拿着马表。

"起跑了。"邦德看见一匹栗色马从跑道的尽头如离弦的箭一般向他们跑来。由于相隔太远，他们听不见响声，但没过多久，就听见跑道上响起了鼓点声，越来越强，到后来又变成了疾驰的马蹄声。那匹马拐了一个弯后，便飞一般地向远方的人影处奔腾而去。

当那匹马疾驰而过时，邦德感到全身一阵震颤的兴奋。那匹马龇牙瞪眼，鼻孔喘着粗气，全身都闪着光泽，用尽全力向前飞奔。骑在马背上的人就像是一只猫，弯着腰、弓着背，脸几乎贴到了马的脖颈，他们扬尘而去。在标杆旁守候的两个人，蹲在地上，按下了马表的按钮。

莱特用胳膊肘碰了碰邦德，两个人开始小心翼翼地沿着榆树影子往回走。

"跑得真不赖，"莱特感叹道，"比真正的'赧颜'可好多了，就是不知道它听不听话。假如在大赛中也能发挥到这个水平的话，冠军绝对是它的。现在，我们去吃早饭吧。大清早就看见这帮浑蛋，真是倒胃口。"说完他又自言自语道，"吃完饭，我得去找一下贝尔，问问如果让他跑一个技术犯规的头马，需要多少钱。"

吃过早饭，莱特又向邦德谈了一番他的计划，然后便去找贝尔了。邦德独自闲逛了一个上午，然后在马场吃了午餐，准备去观看在第一天下午进行的各场比赛。

天气非常好。邦德感到心情愉快，在萨拉托加真是大开眼界。看台上的观众们操着布鲁克伦和肯塔基两地的混合语，谈论着各自的看法。马主们则躲在树荫里聊天。电动报告牌时不时地亮出数字，告诉大家当时的赌金总额和获胜比率。大门是机械启动的，保证了每场比赛的顺利进行。马场中央的池塘里有六只天鹅在游来游去，一条印第安人的独木舟也在里面漂漂荡荡，人群中还夹杂着黑人，这种混杂成分是美国马场的一大特色。

与英国马场相比，美国马场的管理似乎更好一些，想要搞鬼，似乎没那么容易。但邦德知道，尽管马主和马场董事们绞尽脑汁设置了各种防护措施，但非法的电讯网还是会向全国各地转播每场赛马的结果，使得黑社会得到最大的红利。赛马和组织卖淫或吸毒一样，是黑社会的重要财源。

那天下午，邦德尝试了一下著名的芝加哥速赌赛法。每一场比赛，他都把赌注押在简报上推荐的最可能优胜的马身上。第八场赛完后，他赢了十五美元还多一点儿。

邦德回到饭店，冲了个澡，小睡了一会儿。然后转到了马匹拍卖所附近的一家小店，在那儿喝了一会儿酒，又吃了一份煎牛排。然后便拿着一小杯威士忌，慢悠悠地朝马匹拍卖场走去。

拍卖场是个只有顶篷、没有围墙的木制白色围场，里面和体育场一样一圈圈地排着长凳，中间则是一块圆形的草地，一块银白色的幕幔挂在拍卖台的旁边。每当有投标拍卖的马在霓虹灯的照射下被牵进草场时，操着田纳西口音的拍卖人就会简略介绍该马的情况及拍卖底价，还有两名穿燕尾服的助手配合他，拿腔拿调地不断提高售价。他们在走道中密切注视着每位买主和代理人的一举一动，哪怕他们微微地一点头或是轻轻地扬一下铅笔杆都逃不过那些人的眼睛。

邦德找了一个位子坐下。前面坐着一位贵妇人，身穿夜礼服、肩披着白貂皮围巾，骨瘦如柴。每当她开口喊价时，手腕上的珠宝首饰就会闪闪发光，叮当作响。她的身旁坐着一位穿着白色夜礼服、系着深红领带的中年男人，可能是她的丈夫，也可能是驯马教练。

这时，一匹栗色马迈着碎步战战兢兢地走到了草地中央，一块号码布在它的屁股上挂着，上面写着：201。拍卖人开始扯开嗓子报价："底价六千，有没有人出七千？好，这位先生出七千。七千三，七千四，七千五。难道这匹漂亮的纯种德黑兰马只值七千五吗？好的，八千，谢谢。有人出八千五。八千六，还有没有更高的价？"

场上这时安静极了，过一会儿，只听"砰"的一声，拍卖小锤在桌上敲了一下，拍卖人装出一副不太满意的神色，看着在场的富人们，"诸位，这匹两岁的好马难道就值这个价吗？今年夏天我还从来没这么卖过。好，现在有人出八千七，有谁愿意出九千？有没有人出九千，九千，九千？"这时，前排那个穿戴华丽的女人用她那干枯的手腕，从包里拿出金笔，在拍卖单上画了一条线。邦德看见单子上印着："第三十五届萨拉托加幼驹拍卖会，编号201，两岁栗色幼驹。"贵妇人用她那浅灰色的眼睛又看了一眼小马，然后把金笔向上一扬。

"有人出九千。谁愿意再加一千凑成一个整数？有没有比九千多一点的？有没有人出九千一，九千一，九千一？"拍卖人停顿一下，又贪心地朝着整个围场扫了一眼，确信没有人出更高的价以后，便敲响了小锤，说："九千元成交，谢谢你，夫人。"

看台上开始骚动起来，有的交头接耳，有的东张西望。那贵妇人似乎有些不耐烦，对旁边的中年男人小声说了些什么，那男人耸了耸肩。于是，有人牵着201号栗色幼驹走出了围场。接着第202号马被牵了进来。在强烈灯光的照射下，小马浑身战栗，面对一张张陌生的面孔和奇异的味道，它看起来有些胆怯。

邦德身后的座位上，似乎有人在扭来扭去。莱特走了过来，把头靠近邦德耳语道："谈妥了。给他三千美元，他答应在最后冲刺时，故意和其他赛马相撞，造成技术犯规。就这样，明天见。"邦德又全神贯注地看了一会儿拍卖，然后便沿着榆树林向旅馆走去，心里担心着那位名叫廷格林·贝尔的骑师。玩这个小动作，他未免太冒险了，那匹马儿也太冤了，不仅冒名顶替，而且还在最后的时刻功亏一篑。

第十二章

暗 中 取 胜

邦德坐在马场看台上一个高高的位子上，用租来的双目镜居高临下地看着"赧颜"的马主皮萨诺，他正坐在下面的小吃摊上吃螃蟹。罗塞•巴德坐在皮萨诺的对面，他们吃着法兰克福香肠和德国卤菜，喝着大杯的啤酒。其他餐桌客人也都满了，两名侍者在皮萨诺的桌子旁侍候着，老板也时不时过来打招呼。

皮萨诺的样子看起来和那些恐怖小说里的坏蛋有一拼。他的圆脑袋像个气球，上面的五官都堆在一起，眼睛又小又圆，两个鼻孔又黑又大，红嘴巴又皱又湿。他那肥胖的身体在一套棕色的西装里显得非常拥挤，西装的里面是一件白衬衫，在它的长尖领口上还打着一个棕色的蝴蝶结。他吃螃蟹的神情很专注，偶尔会看一看旁边的碟子，恨不得从那里再拨一点儿过来。

罗塞•巴德是浓眉宽脸，看起来很凶。他穿着带长条格的印度麻料西服，打着一条藏青色的领带。他只顾低头猛吃，头基本上没离开过餐盘。一盘吃完后，他才抬起头来，拿起了赛马安排表。

皮萨诺拿着根牙签剔着牙。冰激凌送上来后，他又开始大吃起来。

邦德边用望远镜仔细观察着这两个人边想，他们到底有多大本事？邦德是个经历过大场面的人。他对付过的人，有冷酷而精于棋艺的俄国人；有精明却神经质的德国人；有沉默又阴险的中欧人；有敢死队的情报员。与这些人相比，眼前这帮家伙简直是小菜一碟。

第三场比赛的结果已经出来了，离决赛的时间还有半个钟头。邦德放下了望远镜，看起了赛马安排表，一会儿，跑道对面的显示板上就会亮出赔偿金数额和分红比率。

他把安排表又重新看了一遍：八月四日决赛的赌金已经上升至两万五千美元，第五十二轮比赛由三岁马参加。会员参赛费为五十美元，非会员参赛费为两百五十美元。第二名的马赌金所得为五千美元，第三名为两千五百美元，第四名为一千两百五十美元，剩余金额归头马，获胜的马主奖银质奖杯一个。总赛程为125英里。安排表后面有参赛的十二匹马及其马主、教练和骑师的名字，除此之外，还有对各马胜算率的预测。

根据预测，夺冠呼声最高的有两匹马，一匹是一号，惠特尼的"再来"；另一匹是三号，威廉·伍德沃德的"祈求"，它们的胜算率评估分别是六比一和四比一；十号，皮萨诺的"赧颜"，胜算率评估是十五比一，它的得胜希望最小。

邦德举起望远镜，又朝小吃摊望了望，那两个家伙已经走了。他又放下望远镜看着显示板，三号马已经排在了第一位，胜算率提升至二比一。"祈求"的位置有所下降。"赧颜"的胜算率则从二十比一升至十八比一。

还有一刻钟就要开赛了。邦德点燃一支香烟吸了起来，耳边不时地回响起莱特在马匹拍卖场对他说的话。他有些怀疑，不知道这样做是否有效。

　　莱特刚才去骑师休息室找廷格林·贝尔，向他出示了私家侦探卡，连哄带吓地说服他必须输掉这场比赛。他说如果"赧颜"夺冠，他就会向筹委会检举，告诉他们这匹马是冒名顶替的，如果这样的话，廷格林·贝尔将被永远禁赛。同时莱特向他保证，如果贝尔照他的吩咐去做，他决不再提冒名顶替的事。他的意思是，"赧颜"必须获胜，但要让它因技术犯规而被除名。要做到这点，只需在最后冲刺时，贝尔故意去撞其他的马就可以了。这样一来，对方肯定会提出抗议，比赛结果将由裁判长根据现场的录像来裁决。廷格林·贝尔要耍这样一个花样很容易，而且人们也易于接受。谁都想跑第一，况且皮萨诺事先还承诺过，如果他获胜的话就额外再给他一千美元。马场上什么意外都可能发生，而倒霉的是恰好让他给碰上了。莱特事先已经给了他一千美元，答应事成之后再给他两千美元。

　　廷格林·贝尔毫不犹豫地答应了下来。他要求在下午六点比赛结束后，要马上派人去泥浆和温泉浴室给他送两千美元。每次赛马结束后，为了减轻体重，他都会去那儿洗泥浆浴。莱特同意了。邦德希望，假如"赧颜"真的能够按计划行事的话，去泥浆浴室送钱的事能交给他。

　　邦德对这个计划没有把握。

　　邦德举起望远镜环顾了一圈跑道，发现每隔四分之一英里处就有一根粗木杆，一共四根。木杆上面装着摄影机。每一场比赛结束后，也就几分钟的时间，纪录片就可以送到筹委会备查。最后一根木杆最关键，它将把最后拐弯处发生的情况记录下来。现在离比赛只有五分钟了，邦德左手一百码处就是起点，那里已做好准备。从那儿起，赛马要整整绕场一周然后再跑八分之一英里才能达到终点。邦德坐的位置处于终点的斜上方，对面的报告牌上显示"赧颜"的胜算率没有变化，参赛的马匹慢慢地向起点集合。夺冠呼声很高的一号"再来"最先到达，这是一匹黑色马，又高又大，骑师穿着淡蓝和棕色相间的制服，这身制服就代表着惠特尼。当夺冠呼声最高的三号"祈求"上场时，赢来了观众席上的一片欢呼，"祈求"是一匹灰色马，骑师穿着代表伍德沃德马厩的白底带红点的衣服。一匹脸上有白斑，同时有着四只白腿的高大的栗色马走在跑道的最后，它的骑师脸色苍白，上身穿着淡紫色绸质衣，衣服的前胸和后背都有一块菱形的装饰。不用问，这就是"赧颜"了。

当这些马儿向起点汇集时，邦德又瞟了一眼对面的显示牌。"赧颜"的胜算率忽然提高了：十七比一，十六比一。这不算什么，不必大惊小怪，再过一会儿，它就将变成六比一。也许再过一分钟，人们就会挤破售票窗口的，但只有邦德那一千美元钱还稳稳地放在口袋里。此时，听到广播中宣布，决赛即将开始。参赛的马都在栅栏中各就各位了。"赧颜"的身价继续攀升，胜算率不断提高：十五比一，十四比一，十三比一，十二比一……"最后停在九比一的时候，售票停止了。

场内响起了一阵铃声。马儿们如开闸的洪水一般冲出了栅栏，迅速地冲进看台前方的跑道。在马蹄掀起的烟尘之中，人们只能看到选手们藏在太阳镜背后的苍白的脸，不停耸动的马肩、有力的后腿及一大堆让人迷惑的号码。邦德注意着跻身前面的靠近内圈木柱的十号马。

冲在最前面的是五号黑色马，它已经把别的马落下了一大截。这场比赛难道真要杀出一匹黑马？邦德正想着的时候，一号马已经赶上来和五号马并驾齐驱。三马号紧跟其后，十号马也咬得紧紧的。前面的这四匹马形成一个方阵，其他的马则形成另一方阵，落后十号马大概有三匹马的距离。跑过第一个弯道，一号马已经超过五号马跑到了第一位，三号"再来'跑在第二位，十号马仍居第四位。这时，十号马开始奋勇直追，先超过了五号，又超过了二号，离位居第一的一号也只差半匹马的距离了。再跑过一个弯，三号马升到了第一位，"赧颜"位居第二，一号马跟在它后面，大概有一匹马的距离。"赧颜"拼尽全力追上去，和三号马齐头并进，同时跑上了最后的弯道。邦德此时紧张地屏住呼息，心想，到时候啦，快干哪！

此时，空气仿佛都凝固了，邦德似乎连白标杆上摄影机拍摄时发出的吱吱声都能听到。十号马跑在弯道的外侧，比跑道内侧的三号"再来"稍稍领先。只见贝尔把头放的很低，低得几乎靠到了马脖的外侧，慢慢地超着三号马。这样做，他以后就可以为自己辩解说，他没有在跑道上看见三号马。两匹马现在越来越近了。突然，"赧颜"的头撞向三号，抬起四蹄向前冲去。三号马因这突然的一撞，落后了一步。"赧颜"抓住这个机会，向前猛冲，超过了三号马大概一匹马的距离。

看台上发出了一阵愤怒的吼叫声。邦德把望远镜放低一些，目不转睛地盯着冲在最前面的"赧颜"。"祈求"跑在第二位，大约落后"赧颜"五匹马的距离。"再来"紧随其后，居第三。

看台上的马迷们喊叫声不断，只有邦德在心中暗暗叫好，不错，干得真不赖。

这位骑师的花样做得是如此巧妙。他把头埋得那么低，就连皮萨诺也不得不承认他看不见旁边的赛马。在最后一弯冲刺时，是个骑手都会靠向内侧的。他过了弯道后，头仍然放得很低，并猛抽了几鞭，就像什么事儿都没发生一样。

一会儿就要宣布大赛结果了，邦德耐心地等待着。一阵阵尖锐的口哨和喝倒彩声不时从场内传来。广播里宣布结果："十号'赧颜'

领先五匹马的距离；三号'祈求'领先半匹马的距离；一号'再来'领先三匹马的距离；七号'波耶德洛'领先三匹马的距离。"

这时，参赛的马匹都缓步来到了磅秤前，过磅称重。贝尔从"赧颜"背上滑了下来，顺手把马鞭扔给了马童，他看起来很高兴。当他背着鞍具走向磅秤台时，观众愤怒的喊声越来越高。

突然，吵闹声变成了全场的欢呼声。原来是显示牌上"赧颜"的名字旁边加了"异议"二字。不久，广播里大声通告说："各位来宾请注意，三号'祈求'的骑师卢克对于十号'赧颜'提出了异议，检举十号骑师廷格林·贝尔存在技术犯规。请勿撕毁马票，我再重复一遍，请勿撕毁马票。"

邦德的手心里满是汗水，这时才掏出手帕擦了擦。裁判席背后的放映室里的情景，他都可以想象得出。心惊胆战的贝尔站在一边，满肚子委屈的三号骑师则站在另一边。双方的马主不知道是否在场，皮萨诺那张肥脸上的汗珠估计会流进脖子吧。

广播里又宣布："各位来宾请注意：本次比赛中，十号'赧颜'因有技术犯规而被判除名，三号'祈求'获胜，这是比赛的最终结果。"

观众席上爆发出雷鸣般的掌声和欢呼声。邦德站起来离开了座位，朝酒吧走去，心里则想着给贝尔付钱的事。对于这件事，他还有点儿担心，但又转念一想，洗洗泥浆浴很平常，况且在萨拉托加也没人认得他。这事一干完，他就不再替平克顿社工作了。哦，对了，还要给沙迪·特瑞打个电话，向他诉诉苦，告诉他不但五千美元没拿到，还连老本都搭进去了。这次帮莱特戏弄这些家伙，真是太开心了，下次就该轮到他唱主角了。

他一边想着，一边挤出了人群，朝酒吧走去。

第十三章

浴 室 中 的 喊 声

　　邦德登上了一辆红色的长途汽车。在这辆车上，除了邦德，只有两位乘客。一位是个黑人妇女，身材干瘪；还有一位是个白人姑娘，坐在司机的旁边。那位姑娘的头发用一块厚厚的黑纱巾包裹着，纱巾一直披到肩上，就像养蜂人头上戴的纱罩。

　　汽车车身上涂写着"泥浆浴与温泉浴"的字样，挡风玻璃上也写着一排字："每小时一趟"。这个时候没什么旅客。汽车在大街上转了一圈后，便驶入了一条沙砾道，穿过一个种植着棕树幼苗的林场，又走了半英里，拐了一个弯，下了小山坡，然后驶向一排被烟熏成灰黑色的楼房。一根红砖砌成的大烟囱矗立在房屋的中央，它冒出的淡淡的黑烟正在袅袅上升。

　　浴室外面很安静。当汽车停在门外的杂草地上时，有两个老人和一个瘸脚的黑人妇女从大门的台阶上走下来迎接客人。

　　一下车，一股令人作呕的硫黄味就直冲邦德的鼻腔，那是从地壳深处向外冒出的气味。邦德向旁边的几株树走去，坐在了树下的一张长凳上，从远处打量着这个建筑物。他想沉下心来静一会儿，猜测着他走进这儿的铁丝栅门后可能会发生的一切。他把心头的烦闷和厌恶努力地往下压。他心烦不是无缘无故的。

对于一个身体健康的大男人，要他和病人们混在泥里打滚儿，确实够为难的。他仿佛看见了在这座破烂不堪的房子里，自己脱光了衣服，任他们摆布自己身体的情景。

汽车开始往回开。邦德一个人孤零零地坐在大门外。四周静悄悄的。邦德这时注意到，浴室大门上方的左右两边都有一扇窗户，像是一双眼睛和一张嘴。此时，那两只巨大的眼睛似乎在瞪着他，看他敢不敢从大门里走进去。

邦德站起来，走进铁丝栅门，拾级而上，一推门进去了，只听大门"砰"的一声关上了。

接待室是一间熏得黝黑的房间，邦德走进去时，感觉硫黄味更重了。服务台正对着大门，四周的墙壁上挂满了奖状。屋里还放着一个玻璃柜子，柜子里摆着用透明塑胶纸包好的一个个小包。柜子的顶上贴了一张广告，上面歪歪扭扭地写着：本室供应泥浆，可带回家自行治疗。除此之外，还有一张小纸片，上面写着除臭剂的广告：专治狐臭，一擦就灵。

柜台里，一位红头发的老太婆正坐在那儿看小说。听到有人来了，才慢慢地抬起头来，一只手指却仍按着自己刚才看的地方。

"需要帮忙吗？"

邦德望了望栅栏里说："我想洗个澡。"

"泥浆浴还是温泉浴？"她的另一只手按在了票据簿上。

"泥浆浴。"

"您可以买成本的票，这样便宜很多。"

"不，谢谢，只要一张。"

“一美元五十美分。”她撕下一张紫红色的门票，从小窗口递了出去。

“怎么走？”

“往右走，”她指道，“然后沿着通道往里走。您如果有贵重物品，最好存在这里。”说着就从小窗口递出来一只白色的大信封，“请在上面写上您的姓名。”她故意把头扭过去，好方便客人把衣袋内的物品装进信封。

两千美元不能放在这里，邦德想。他稍微犹豫了一下，便把信封又递回了小窗口说：“谢谢。”

“别客气，多谢光临。”

接待室的旁边有个木门，门的两边分别摆着一个白色的指路牌。每个指路牌上都画着一只手，手指指的方向则不同，指向右边的牌上写着“泥浆浴”，指向左边的牌上写着“温泉浴”。邦德通过木门拐向右边，是一条湿漉漉的水泥通道，顺着这条通道再向下走，走到头就看见了一扇圆转门。门内有一间高大的长方形屋子，屋顶上的天窗开着，屋的两旁是许多隔成单间的浴室。

房子里很热，硫黄味也很重。两个在门口收票的年轻人在桌旁玩着纸牌，他们赤身裸体，只在腰部围了一条灰毛巾。玩纸牌的桌上放着一只烟灰缸，里面盛满了烟蒂。旁边则放着一块木板，上面挂满了钥匙。邦德进门后，一位年轻人从木板上取下一把钥匙递给了邦德。

那人问道：“买票了吗？”

邦德便把洗澡票交给了他，那人用手向后一指，扭头对邦德说：“从那扇门进去。”说完他们又继续玩牌。

小隔间里很闷热，让人感到憋气，里面除了一条灰色的旧毛巾，什么都没有。邦德把衣服脱掉，把毛巾系在腰间，钞票折叠好塞进上衣口袋中，又在上面放了一条手帕。他又把枪背带挂在了衣钩上，然后走出单间并把门锁上了。

邦德万万没有想到，从门口一眼望去，里面竟是这副景象。在那一瞬间，他还以为自己撞进了太平间。还没等他反应过来，一个长着两撇稀疏胡子的光头黑人已经走到了他的面前，不停地上下打量着他，问道："先生，想治什么病？"

"没什么病，"邦德答道，"只是想尝试一下泥浆浴。"

"好的，"黑人说，"心脏有没有毛病？"

"没有。"

"好，那到这边来吧。"那个黑人带着邦德走过一条滑溜溜的水泥地，来到一条长木凳前。他们后面则是两个破烂不堪的淋浴隔间。一个满身泥巴的人站在莲蓬头下，一个缺耳朵边的伙计正拿着橡皮管给他冲洗。

"你稍等一下，我马上就回来。"那个黑人说着走开了。邦德看着他的背影，不由得起了一层鸡皮疙瘩。那双满是皱纹的鲜红手掌将要任意摆布他的身体。

邦德对黑人向来怀有怜悯之心。幸亏英国没有种族纠纷，可美国人却从学校开始就与种族问题结下了不解之缘。邦德观察起四周的设施来。这是一间用水泥建造的正方形房屋。屋顶上方挂着四只灯泡，都没有灯罩。电线上落满了苍蝇屎。灯泡的光线照在湿漉漉的四壁和水泥地上，忽明忽暗。墙边放着二十张矮桌，每张桌上都放着一个厚厚的长方形木箱，有一只木箱子空着。木椅在墙边靠着，邦德估计这个位子就是他的。那个黑人拿来了一条又脏又厚的床单铺在了木箱子里，然后用手把它抹平。一切准备就绪，他走到了屋子中间，从两排铁桶中提了两个桶过来，桶里装的是热气腾腾的黑泥巴。他用手掌当勺子从铁桶里一勺一勺地舀泥巴抹在木箱底上，抹了大概有两英寸厚。他又走到一个浴缸边，浴缸里还有几个冰块在上面浮着。他从那里捞出来几条湿漉漉的毛巾，往胳膊上一搭，然后绕着屋子走了一圈，便开始用那又湿又冷的毛巾给躺在木箱里的客人擦汗。

屋里非常安静，除了胶皮管冲水的声音，什么都听不到。一会儿，胶皮管冲水的声音停止了，只听一个声音嚷道："好了，威尔斯先生，今天就到这儿吧。"这时，看见一个浑身长满浓密汗毛、光着屁股的胖子颤巍巍地从淋浴间里出来，等着缺耳朵边的伙计给他穿上厚厚的绒质睡衣。他很匆忙地用干毛巾擦了擦下身，然后就从邦德进来的那个门走了出去。

随后，那个缺耳朵边的伙计也推门走了出去。阳光从敞开的门外照进来，邦德可以看见门外碧绿的草地和蔚蓝的天空。不一会儿，缺耳朵边的伙计就提着两桶热气腾腾的泥巴走了进来，用脚关上了门，然后把两只铁桶放在了位于屋子中间的两排铁桶旁边。

此时那个黑人向邦德走了过来，用手摸了摸箱内的泥浆，然后点点头说："先生，好了，可以洗了。"

邦德走过去，黑人把他身上的大毛巾取了下来，把他的钥匙挂在了旁边墙上的钩子上，于是邦德便赤身裸体地站在了他的面前。

"以前洗过这种泥浆浴吗？"

"没有。"

"我就知道，所以我为您准备的泥浆只有四十三度。如果是经常来这儿的老主顾，五十到五十五度的高温都受得了。躺进去吧。"

邦德爬进了木箱，一转身躺了下来。此时他的皮肤接触着热烘烘的泥浆。他慢慢地把身体舒展开，把头枕在了蒙着干净毛巾的木棉枕头上。

邦德躺好后，黑人开始往他身上抹泥浆，他一勺一勺地用手从铁桶里掏着。邦德感到这些深棕色的泥浆涂在身上是又黏又滑，还挺重，并且带有一股热腾腾的泥煤气味。他瞪大眼睛直勾勾地盯着黑人那两只油光发亮的、在他身上抹来抹去的手。不知道莱特是否尝过这种泥浆浴的滋味，邦德一边想着，一边不禁暗自发笑。

邦德全身上下都被糊上了热乎乎的泥浆，除了脸和胸口还保持着本来的颜色。他感到一阵窒息，豆大的汗珠从额头上流了下来。

黑人弯下身子，把他的身体和手臂都用毛巾裹住了。现在邦德全身只剩下头和手指还可以活动了。接着，黑人还把木箱的盖子关上，只剩下邦德的头在外面伸着。

黑人从墙上取下一块石板，看了看墙上的大钟，在石板上记下了时间。正好六点钟。

"躺二十分钟，"他说，"感觉舒服吗？"

邦德有些不情愿地哼了一声。

黑人自顾自地去干别的事了，邦德一声不吭地躺在那里，呆呆地望着天花板。汗水顺着头发淌了下来，流过眼睛。他在心里不停地咒骂着莱特。

六点过三分，骨瘦如柴的贝尔从门那边走了进来，大摇大摆地朝屋子中央踱过来。

"嗨，贝尔，"那缺耳朵边的伙计热情地招呼说，"听说你今天不太走运？真是倒霉呀。"

　　"那些裁判就是一帮废物，"廷格林·贝尔生气地说，"你想我为什么要撞卢克？他可是我最好的朋友，我根本没必要那样做。我已经胜利在握了。喂，你这个黑鬼，"他把脚一横，拦住了黑人的去路，他正提着一桶泥浆往里走，"你得想个法子让我今天轻六两，明天还要去比赛呢。还有再给我订一盘炸牛排。"

　　那黑人从他的腿上跨过去，笑着道："我可以把你的脖子拧下来，那样你不就轻多了吗。我马上就过来。"

　　过一会儿，门又一次被推开了，刚才玩纸牌的那个人把头伸进来，向缺耳朵边伙计道："喂，布克，梅布尔要我告诉你，她接不通小食摊的电话，没法给你点菜，电话线好像出毛病了，打不通。"

　　"该死，"贝尔骂道，"告诉杰克，让他下趟班车来的时候给我带过来。"

　　"好的。"

　　门又被关上了。在美国很少有电话打不通的时候。邦德本该对此有所警惕，可他并没有留意，只顾盯着墙上的大挂钟，还要在这里关十分钟。黑人胳臂上搭着冷毛巾走了过来，他在邦德的头顶和前额上各放了一块，邦德顿时感到舒服了许多。"不久就可以交差了"，邦德想。

　　时间在一点一点地过去。贝尔躺进了邦德旁边的木箱里。邦德猜测，为他准备的泥浆恐怕有五十五度。

　　黑人又在石板上记下了时间，六点十五分。

　　邦德把眼睛闭上，思考着怎样把钞票转给贝尔。在更衣室？洗完澡后总得有个让人躺下休息的地方吧。在要走的时候？要不在汽车上？都不好，最好找一个没有人看见他俩的地方。

"大家不要动！别紧张，我们不会伤害其他人的。"突然间，一个十分凶狠的声音传了过来。

邦德蓦地睁开了眼睛。这不期而至的杀气腾腾的声音让每个人都浑身战栗。

小门已全部敞开。有一个人站在门边，还有一个站在浴室中央。这两个人手里都握着手枪，脸用黑面罩罩着，只在眼睛和嘴巴的位置挖了三个眼儿。

浴室内鸦雀无声，只听见两处隔间里喷水的声音，有两个赤身裸体淋浴的人还在这两处隔间里。他们透过水柱向外窥视，嘴巴大张着喘着气，披下的头发挡住了视线。缺耳朵边伙计翻着白眼呆住了，一个劲儿地拿着橡皮管冲着自己的脚浇水。

站在浴室中央的那人握着手枪走到了冒着热气的铁桶旁边，把提着两桶泥的黑人拦住了。吓得那黑人浑身发抖，就连手中的铁桶都跟着晃荡起来。

那人杀气腾腾地盯着黑人。邦德看见他将手枪用手指转了一个圈，握住枪管，反手一捣，用枪柄朝黑人的腹部用力地捅了一下。黑人"哎哟"叫了一声，两手一松，双膝一弯便倒在了地上，光光的头正好碰到那人的脚，就像在向他磕头。

那人往后退了一步，威胁着问道："贝尔在哪儿？在哪只木箱里？"

黑人在地上跪着，抬起右手指了指。

那个人转过身来，走到邦德和贝尔所在的两个箱子之间。他先朝邦德的脸看了看，从黑面罩的小孔里可以看到他目光炯炯地朝下注视着。接着，他往左移动了两步，站在了贝尔的木箱旁边。

他纹丝不动地站在那儿，过了一会儿，猛地一跳，坐在了贝尔的木箱盖上，居高临下地看着贝尔的眼睛。

"好，很好，你这个该死的家伙。"他声音中有一丝丝的恐怖。

"什么事？"贝尔战战兢兢地问道。

"什么事？"那人讥讽地说道，"能有什么事？别装糊涂！"

贝尔摇了摇头。

"这么说，你从未听说过一匹叫'赧颜'的马？今天下午两点半钟有人故意技术犯规时，你也不在场吧？"

贝尔带点哭腔地说道："天哪！那可不是我的错呀，谁都有可能碰上这种倒霉事。"那声音听起来就像一个孩子受罚时在抽泣。邦德缩着头听着。

"我的朋友可不这么认为，他觉得这里很可能有人在捣鬼。"那人身子往前倾了倾，火气更大了，"我的朋友们认为，你是故意的。他们已经搜查过你的房间，从那儿搜出来一张一千美元的钞票。老实说，这笔钱是哪儿来的？"

话音未落，几乎就同时响起了一记清脆的耳光声和尖锐的叫喊声。

"说呀，杂种！要不说，我把你脑浆打出来。"说着传来了枪在木板上敲击的笃笃声。

贝尔发出颤抖的声音："那是我自己攒的。就一千美元。我藏在灯座底下了。那是我自己的钱。我发誓。我说的是真的，我没说……"

那人哼了一声，用手举起了枪把。邦德注意到他大拇指的骨节上有一个大肉瘤。他慢慢地转动枪管，把枪拿稳，从木箱上滑了下来，看着贝尔，皮笑肉不笑地对贝尔说："老弟，最近你比赛太多，太累了。"他轻声细语道，"应该好好休息休息，去疗养所好好休养一段时间。来，我来成全你。"那人边说边慢慢地退到浴室的中央，嘴里不停地低声唠叨着。邦德看见他提了一只装满热泥浆的铁桶，走了过来。

他走到贝尔的木箱旁，停下来，俯身望下去。

邦德感到四肢僵硬，仿佛那桶泥浆就要浇到他的皮肤上。

"老弟，听话，多休息一下。找个凉爽的房间，拉上窗帘，别让日光晒坏了你的皮肤……"

他说完后，四周死一般的寂静。那只提着铁桶的胳膊越举越高。

贝尔盯着那只铁桶，明白了将要发生的一切。他大声号叫着："别，别这样，别……"

尽管室温很高，但当泥浆浇到贝尔裸露的脸上时，仍散发出一阵阵蒸气。撕心裂肺的惨叫声在室内回荡。

那人从木箱上下来，把空桶扔向缺耳朵边伙计，但他没接，呆呆地任它落在地上。那人大步走到门边，又转过身来说："这可不是在闹着玩儿。不准报警。电话线已经被割断了。"他发出了刺耳的笑声，"趁着那家伙的眼珠没有被烫熟，赶快把他扒出来。"

门"砰"的一声关上了。两个蒙面人扬长而去。屋里一片寂静，只有管子里的喷水声。

第十四章

电 话 索 债

"后来怎么样了？"

坐在邦德房间椅子上的莱特好奇地追问。邦德在房间里不停地踱着步，还不时从床头柜上端起装有威士忌的酒杯喝一口。

"后来嘛，乱成一锅粥，"邦德描述说，"人们连哭带叫试图从木箱里爬出来。缺耳朵的伙计慌手慌脚地用胶皮管向贝尔脸上浇着水，并求隔壁同事来帮忙。黑人还倒在地上呻吟着，那两位正在淋浴的客人光着屁股四处乱窜，就跟掉了头的拔毛鸡一样。那两个玩纸牌的伙计赶忙过来，将贝尔的木箱盖掀开，抱起他跑到莲蓬头下。他差不多快窒息而死了。整个脸部都因为烫伤肿胀了起来，样子十分恐怖。淋浴间里有一个人似乎最先醒过神来，裹上大毛巾，掀开盖板把我们放了出来。我们有二十几人浑身带着污泥，但却只有一个淋浴头。有人赶紧开车进城去叫救护车。他们往黑人身上浇了一桶冷水，他慢慢地苏醒过来。我问旁边的人那两个突然闯进来的人是谁，但谁也不知道。他们猜测，可能是城外的匪帮。因为除了贝尔外，没有人受伤，所以也就没有人在乎这些了。大家只想快点儿把身上的泥冲洗掉，然后离开那个鬼地方。"说完，邦德又端起杯子喝了一口威士忌，并点上了一支香烟。

"那两个家伙身上有什么特殊标志吗？比如说身高、衣服，或者其他特征？"

"在门口望风的那个家伙不是很清楚，"邦德答道，"只看得出他又瘦又小，穿着灰衬衣、深色长裤，拿的手枪好像是0.45口径的。那个动手的人是个大块头，动作敏捷且不慌不忙。他穿着白条子棕色衬衣和黑长裤，既没打领带也没穿外套，脚上穿着一双擦得很亮的高级黑皮鞋，手拿一把0.38口径的手枪，没戴手表。哦，对了，"邦德忽然想了起来，"他右手大拇指的骨节上有一个红色的大肉瘤。他还不时用嘴去吸吮它。"

"是温特，"莱特马上判断出来，"另一个叫吉德。他们经常在一起干坏事。他们是斯潘兄弟手底下的头号打手。温特是个杂种，很下流，是个虐待狂。他有一个习惯就是总是不停地吸他的肉瘤。背地里人们都管他叫瘟弟。温特不喜欢外出旅行，坐汽车和火车会晕，飞机更不敢坐，觉得那会将他带向死亡。所以如果非得让他外出办事，就必须额外付给他奖金，但是他作案时头脑却异常冷静。吉德长得很帅，朋友们都管他叫布菲。他俩可能是同性恋，真可谓是黄金拍档。吉德最多也就三十岁，但却已是少年白头。他们办事时之所以戴面罩，原因也正在于此。不过总有一天温特那家伙会后悔没有请外科医生割掉那恶心的瘤子。你一提到这个特征，我就想到一定是他。我寻思得向警方揭发，让他们插手来管一管这事。放心，我肯定不会把你供出来。但是我也不会告诉他们'赧颜'的底细，他们要查就自己查去吧。我估计现在温特他们可能在奥尔巴尼乘火车，让警察追追他们，给他们点儿颜色也好。"莱特走到门口，又转过身来对邦德说，"别担心，

我一个小时之内就会回来，我们在一起好好享用一顿午餐。我得去打
听打听贝尔被送到哪里去了，把他该得的那份给他，让他高兴高兴，
可怜的家伙。待会儿见。"

邦德冲了个澡，穿好衣服，向中央接待厅的电话亭走去，他想给
沙迪打个电话。"对不起，先生，占线，"接线员说，"要我继续拨吗？"

"是的。"邦德说。占线就说明驼背还在办公室，这他就放心多
了，因为接通以后他可以理直气壮地说他一直在打电话，但一直占线。
这样一来沙迪就不会质问他为什么不早点向他报告"赧颜"失利的消息。
亲眼看见贝尔遭受的惩罚后，邦德不敢再轻敌了。

"你要威士康辛的长途电话吗？"

"是的。"

"你要的号码通了，先生。讲话。纽约。"接着就听见驼背的尖
嗓门儿："是的。谁呀？"

"詹姆斯·邦德。我一直在打电话，但没有接通。"

"怎么？"

"'赧颜'没有赢。"

"我知道了。是骑师搞的鬼。你想怎样？"

"我要用钱。"邦德说。

对方沉默了一会儿，然后说："好吧，我马上给你电汇一千美元，
就是我输给你的那一千美元，还记得吗？"

"记得。"

"在电话旁等着。过几分钟我再打给你，告诉你做什么。你住在
哪儿？"

邦德告诉了他。

"明天一早钱就会汇到。一会儿再给你打电话。"电话挂了。

邦德走到服务台，看了会儿放在书架上的长篇小说。这帮家伙做事处处小心谨慎，颇为触动他。他们这样做倒是也很必要。每一次行动都要找一件合法的外衣披在外面做掩护。想想看，一个英国人，在这儿人生地不熟的，怎么可能从天上掉下来五千美元砸到他头上呢？除非从赌赛中发一笔横财。不知下一次又会搞什么赌博的花样。

电话铃响了。邦德急忙走进电话亭，关上门，拿起了听筒。

"是邦德吗？听我说，你去拉斯维加斯取钱。现在就去纽约搭飞机。我来付机票。坐直达班机去洛杉矶，然后再从洛杉矶转机去拉斯维加斯。我已经在冠冕饭店替你订了一个房间。听着，在冠冕俱乐部靠近酒吧的屋子里，放着三张赌台。星期四晚上十点过五分，你到中间那一张赌台，去玩二十一点。明白了吗？"

"明白了。"

"下最大注，每次下一千美元，只赌五次。然后你就离开赌台，不许再待下去。听懂了吗？"

"懂了。"

"赌完后，在冠冕账房兑现筹码。完事后，你就在那边待命，准备接受新的任务。明白了吗？重复一遍。"

邦德又给他复述了一遍刚才讲的话。

"好了，"驼背说，"千万不要胡说八道，万一出了差错，你可担待不起。留意看明天早晨的报纸，你就会明白我的意思的。"说完，他便挂了电话。

邦德记得在他小时候就玩过二十一点。那是在同学的生日聚会上，大家一边吃着蛋糕，一边玩赌博游戏。每个孩子手里都有一把骨签当作筹码。赌金是一先令。如果翻出两张牌，一张十，一张 A，庄家就得赔双倍。如果手中有四张牌一共是十七点，第五张来个四，就正好凑成一副"二十一点"。

邦德回忆着美好的童年。现在又要玩同样的游戏了。不同的是，这次坐庄的是一个坏蛋，筹码也从骨签改成了每注一千美元的金钱。他现在已不再是孩子了，成人就要玩成人的游戏。

邦德在床上躺着，眼睛盯着天花板，脑子里想着那座闻名世界的赌城，想象着它的样子。他不知道如何才能见到凯丝小姐。

他已经抽了五根香烟了，这时他才听见莱特一瘸一拐的走路声从过道传来。他走出屋子，和莱特一起穿过草地，钻进了汽车里。汽车驶出了旅馆，莱特在这一路上给他讲了事态的进展。

皮萨罗、巴德、温特和吉德等斯潘这伙人都已退了旅馆，甚至连"赧颜"也被装进了篷车。他们准备横越美国大陆，投奔内华达州的牧场。

"案子已经移交联邦调查局，"莱特说，"但恐怕也只能是他们收集的斯潘一伙材料中的一部分。如果你不出面作证指认那两个枪手，谁也不会知道犯案人是谁。而且我相信美国联邦调查局对皮萨诺和他的马匹不会有任何兴趣。他们又会把调查工作委托给我们。我已经和总部联系过了，他们让我去趟拉斯维加斯，最好能够查出真'赧颜'尸骨的埋藏处。"

还没等到邦德发表自己的意见，汽车已经来到了萨拉托加高级餐室的门口。他们从那儿下了车，并让看门人把车子开到停车场。

"我们又能在一起吃饭了，"莱特高兴地说，"牛油煎炸的缅因州海虾，你大概还没尝过吧。不过，如果碰见斯潘手底下那帮家伙在这儿吃意大利通心粉，恐怕我们会倒胃口的。"

　　餐厅中大多数客人已用完餐，三三两两地朝幼驹拍卖场或其他地方走去。莱特和邦德找了一张位于餐厅角落的餐桌坐了下来。莱特点了菜，并吩咐侍者在上海虾之前，先来两杯掺苦艾酒的马提尼鸡尾酒。

　　"这么说，你也要去拉斯维加斯了，"邦德说，"真是太巧了。"他把沙迪在电话里说的话告诉了莱特。

　　"真的吗？"莱特说，"这也没什么巧的。你我都是顺藤摸瓜，而这一根根的藤都是伸向那座罪恶之城的。不过，我得先在这里做几天收尾工作，还要写一大堆报告。干我这份差使，得有一半的时间是在写报告。我在周末之前会赶到拉斯维加斯，做一番暗访。在斯潘家门口，我们不要常见面，只能抓机会交换情报。对了，我想起来了，"他补充道，"在那里，有我们一个得力的助手，名叫厄恩·柯诺，是个出租车司机，人很好。我会通知他你要来的事情，让他照顾一下。他就是拉斯维加斯人，对那里的情况再熟悉不过了。他知道他们老板今天是否在城里，清楚各种赌具和赌场的花样，知道哪家的吃角子老虎抽头最少，这些可都是最有价值的秘密情报。伙计，你在拉斯维加斯城会大开眼界的，以后你会觉得其他地方的赌场都太土了。销金大道上布满了赌场和夜总会，足有五英里长，五光十色的霓虹灯四处可见。与这些相比，百老汇只不过是一棵摇钱树罢了，摩洛哥的蒙特卡洛，"莱特很不屑地说，"不过是蒸汽机时代的产物而已。"

　　邦德笑着问道："他们的轮盘赌有几个零？"

　　"我估计两个。"

　　"这恐怕只是你的猜想。在欧洲，赌场抽头的百分比是不能随意变更的。销金大道上的霓虹灯虽然五光十色，但电费却是从另一个零支付的。"

"可能吧。在美国，双骰子赌场的抽头只有百分之一。"

"我知道，"邦德接着说，"'孩子也需要一双新鞋'，老板们都这么说。我倒是希望坐庄的希腊银行辛迪加老板们在巴卡拉牌的牌桌上已经拿到了九点这样的好牌，而且赌金是一千万法郎，但嘴上却仍在说'孩子也需要一双新鞋'。"

"你说吧。"

"说他们有金砖，可不是乱说的，"莱特继续说，"你知道，在内华达州的人们心目中有两座用金砖堆起来的金山，一座是里诺城，另一座就是拉斯维加斯。如果谁想发笔横财，那就买一张机票去拉斯维加斯或里诺吧。有时在那里真会撞到意想不到的财运。就在不久前，一个年轻人在沙漠饭店一口气连赢了二十八次双骰赌，他仅用了一美元的本钱，就赢了七百五十美元。那家伙拿了钱后撒腿就跑。直到现在，赌场都不知道他叫什么。沙漠饭店夜总会已经把他用过的那一对红骰子下面垫上缎子陈列在橱窗里了。"

"这种宣传是最好的广告。"

"这种好主意广告商也想不出来。赌场中有着各种各样的赌具，吸引着形形色色的赌徒。连那些老太太们都戴着手套在那里玩吃角子老虎，你如果亲眼看见，就会相信我不是在吹牛。她们每人提一个装满了硬币的购物筐，站在赌机旁，不停地搬动杠杆，一天要玩儿十小时甚至二十小时都不休息。知道她们为什么要戴手套吗？是怕玩多了把她们的手磨破了。"

邦德听得半信半疑。

"当然，这么玩不累倒才怪呢，"莱特说，"歇斯底里症、心脏病、脑溢血，都是她们的常见病。为此赌场中还得专门设置二十四小时应诊的专用医生。但这些赌徒的脑子里想的只有钱，就连把他们送往医院的途中，嘴里还在不停地叫嚷着：'中了！赢了！'。对于赌场的玩意儿，你会感到应接不暇的，那里有各式各样的豪华赌馆和赌徒俱乐部，花样繁多。有成排排列的吃角子老虎。就以某一家赌馆为例吧，每二十四小时他们就得耗用八十对骰子，塑胶扑克牌一百二十副。每天早晨，都得有五十部吃角子老虎机送去修理部修理。我可要提醒你，千万别玩晕了头，忘了你的任务和女朋友。我知道你好赌，我又碰巧了解一些那里的勾当，就告诉你一些，你也好有个准备。你记下这几点，就当是指路明灯吧！"

邦德听得饶有兴趣，掏出笔，从菜单上撕下一张纸，准备记录。

莱特眯起了双眼，望着天花板说："双骰赌的抽头是百分之一点四，二十一点的抽头是百分之一，"他低头朝邦德笑了笑说，"你最擅长的轮盘赌抽头是百分之五点五。吃角子老虎机的抽头是百分之十五到百分之二十。你看，赌场的赚头有多大。每年大概有一千一百万人来斯潘经营的赌场参赌。按照上面的比率，如果每人的赌本平均起来是两百美元，你可以算算，每年他们能赚多少钱。"

邦德收起笔和纸，放进口袋说："莱特，谢谢你提供的信息。不过你别忘了，我可不是去拉斯维加斯度假的。"

"詹姆斯，"莱特说，"你真行。不过我还是要啰唆一句，你可千万不要存心去找便宜。他们在经营大赌场方面，有一整套的策略，对怎样防范老手也很有研究。我给你讲一个故事。前一阵子，有一个二十一点赌的战术发牌人想从中捞点油水。一天晚上，他拿了几张钞票塞进了自己的腰包，结果被他们发现了。你猜怎么着？第二天，有个人从博尔德开车去拉斯维加斯，走到半路，发现一个粉红色的东西顶出了沙面，但又不像仙人掌。于是他就停下车过去看看。"莱特说着用中指戳了戳邦德的胸膛。

"你猜是什么，原来那个粉红的玩意儿是一只胳膊，手里还握着一副被摆成扇形的扑克牌。后来警察到了那里，挖了半天，才把整个尸体都挖了出来，就是那个二十一点赌桌的发牌人。他们把他的头打烂了，然后把他埋在了沙漠里。故意露出握牌的手臂，无非是为了杀一儆百。怎么样？"

"够刺激。"邦德说。

莱特用叉子叉了一块海虾，边吃边说："这个家伙也太笨了点儿。难道他不知道拉斯维加斯游乐场里早就装备了非常好的监视系统。赌场的天花板上装着许多电灯，每个灯泡都在一个圆窟窿里装着，光线从上面直射下来，把台面照得雪亮。这么多的强烈光线，是为了不要出现妨碍顾客视力的阴影。不过如果你仔细观察，就会发现，光柱是每隔一个洞才向下直射的。这是故意安排的。"莱特慢悠悠地摇晃着头说，"其实每个黑洞里都安有摄像头，楼上有一部电视摄影机，随时监视着下面的现场。如果他们怀疑某个发牌人，或某位顾客，就会把当时牌桌上的情形制作成影片。老板只需坐在楼上就可以仔细地观察到这些人发牌或打牌的动作。这些设施使他们的一举一动都在监视之下。其实这是每个发牌人都应该知道的事情。那个伙计也许是抱着侥幸心理，认为电视摄影机当时不会那么巧正好对准了他的台面。一念之差，送了性命。"

邦德笑着说："我会当心的。可是我必须一步步向走私集团的核心靠拢。说实话，我得想办法先接近塞拉菲姆·斯潘先生，但我总不能掏出一张名片直接去见他吧。莱特，我想告诉你，"邦德有点儿沉重地说，"突然间，我恨透了斯潘兄弟；我也讨厌那两个戴着黑面罩的枪手。用枪把捅那个黑人，用冒着热气的泥浆浇人，这种做法实在是令人作呕。要是他们痛快地揍一顿骑师，我不会觉得怎么样的。但是用热泥浆把人烫伤，就太恶毒了。皮萨诺和巴德也都不是东西。不知道是什么原因，我非常憎恨这帮匪徒。"邦德带着歉意说，"我觉得也得提醒你一下。"

"很好，"莱特说着把菜盘推到了桌子中间，"到时候，我会找机会来帮你一把的。另外我也会提醒厄恩，让他帮你多提防着点儿。但你千万不要以为，招惹完斯潘一帮人后，还可以找个律师和他们打官司。那里是不讲什么法律的。"说到这里，莱特用钢钩敲了敲桌子，"咱们一人再来一杯苏打威士忌吧。那里是沙漠地带，供水困难，又干又热，你只能喝掺苏打的酒了。在那里，连室外树荫下的温度都高达五十度左右，何况你很可能连树荫也找不到。"

威士忌酒送上来了。邦德举起杯说："莱特，在那儿我们可能很难见面，也没有人再向我介绍美国的生活方式了。顺便插一句，你在'赧颜'身上搞的花样，真是棒极了。但愿你我能够同心协力，干掉斯潘。我想，我们能办到。"莱特看着邦德，感慨地说道："我要替平克顿办事，招惹他们，对我没什么好处。跟这伙人对着干，关键是要抓住他们的把柄。如果我能找出那匹真'赧颜'的尸骨，他们可就有好果子吃了。你倒是好，从英国飞来，跟他玩一阵子也就一走了之了。那班家伙不清楚你的底细。我可是在这儿土生土长的。如果我跟斯潘他们明目张胆、真刀真枪地干，他手下那帮家伙会来找我，甚至还会找我的家人和朋友们算账的。他们不把我整惨是绝不会善罢甘休的。即使我杀了斯潘，可是很有可能等我回到家里，我妹妹一家人已经被人放火活活烧死了，那样的话我会是什么滋味呢？在这里，直到现在这种事情还有可能发生。凯弗维尔参议员的报告书里谈到，那帮歹徒现在不单单是经营酒业，而且已经骑在了州政府的头上，为所欲为。内华达州就是其中的一个代表。虽然现在报纸里、杂志上、书籍里、演讲会上都在大声呼吁，但是，"莱特笑道，"打抱不平，或许还得靠你那把真家伙！那把老枪你还用吗？"

"是的。"邦德答道。

"你还在 00 组？我的意思是你还有权先斩后奏？"

"是的。"邦德淡淡地说。

"好了，"莱特站起身来，"我们走吧，回去好好睡上一觉，让你这神枪手的神眼充分的休息。我猜想你很可能要用上它。"

第十五章
飞 往 赌 城

飞机在深蓝色的太平洋上空兜了一大圈，掠过好莱坞，穿过金黄色的卡金隘门，越过赛拿山脉。

邦德坐在机舱里从飞机的小窗户里俯瞰着下面：绵长蜿蜒的种满椰树的公路，大型的飞机制造厂，高级别墅前面的绿色草坪上配备的环绕式浇水装置，电影制片公司的外景设施——西部牧场、城区街道、小型的赛车场以及四桅帆船等。飞机在飞越了崇山峻岭后，来到了洛杉矶南部上空，下面暗红色的沙漠一望无际。

飞机飞行在巴斯托上空，下面有一条通往科罗拉多高原的铁路。飞机又向右绕过盖黎可山脉继续飞行。山越来越多。飞过群山后，马蒂安的一块肥沃绿洲出现在眼前。飞机开始缓缓下降，在座位上方亮起了一排字：请系好安全带，请勿吸烟。

一下飞机，邦德就感到一股热浪迎面扑来。飞机距离装有空调的机场大楼仅有五十码，但走这样短的一段路已使他汗流浃背。走过玻璃门，邦德看见在墙边排列着许多吃角子老虎机，旅客们纷纷从口袋里掏出硬币往里塞，于是各种各样的图案便开始飞快地转动起来。邦德掏出零钱，五分、十分、二十五分试了个遍，结果停在了两朵樱花的图案上，只吐回了三枚小钱。

大厅的旁边，有一部机器，像是饮水机，但上面却写着"氧气柜"。邦德好奇地走过去，想看看上面的说明，"请吸纯氧，有益健康，无毒副作用。帮助提神、提气，具有消除疲劳、情绪紧张及其他症状之功效。"

邦德想检验一下广告吹嘘的功效，便投进去一枚二十五分的硬币，然后在嘴上带上胶皮面具。他按说明，接了一下电钮，慢慢地吸了一分钟的氧。他感到这和吸冷空气并无二致，没有一点儿特殊之处。一分钟后，机器响了一声，自动停了，邦德拿下面罩，走开了。

邦德感到脑袋略微有点儿晕，此外没任何其他感觉。他朝一个站在身旁的男人笑了笑。那人的腋下夹着一只皮包，里面装着刮胡工具，也礼貌地冲他笑了笑，然后转身离开了。

广播中通知旅客们去领自己的行李。邦德领了行李，提着箱子，走出了大厅。外面烈日当空。

"你是去冠冕酒店吗？"出租车司机主动问道。

"是呀！"

"上车吧。"

邦德上了车，出租车驶出机场，沿着高速公路一直往前走去。

车厢里有一股熏染已久的雪茄烟味。邦德打开了车窗。外面的热浪迎面扑来，他连忙又把窗子关上了。

司机很和善的对邦德说："邦德先生，别开窗子。车里的冷气虽然不是很明显，但总比外面凉快一些。"

"谢谢，"邦德答道，"我想你就是莱特的那位朋友吧。"

"是的。"司机回答道，"他可是个大好人。他让我照应着你。

能够为您服务，非常荣幸。准备待多长时间？"

"现在还不敢说，"邦德答道，"估计也就几天而已。"

"我倒有个主意，你听听怎么样。"司机建议道，"不要误会，我可不是在打你的主意。如果你身边带了一些钱，而且我们又需要在一起合作，我建议你最好包下我的出租车，按天计费，五十块钱一天。这样能保证我的收入，而且对大酒店的看门人也好说一些。除了这个主意，我想不出可以接近你的其他办法。你如果包下我的出租车，哪怕他们看见我在机场接你时一等就大半天，也没什么可说的了。在这里疑神疑鬼的狗杂种多着呢。"

"行。"邦德马上表示同意，而且非常信任他，"就这么办吧。"

司机乘机又向他交代了几句："邦德先生，我告诉你，这帮家伙疑心重着呢。您看上去是来这儿游玩的观光客，他们就会开始算计了。无须你开口，他们早就看出你是个英国人了。他们会问一连串的问题：这个英国人来这儿是干什么的？他是做什么的？他长得可真壮，咱们得好好瞧瞧。"他又侧过身小声问道，"在机场大厦里，你有没有注意到有个人一直在你附近溜达，胳膊底下还夹着一个装刮胡子设备的皮包。"

邦德马上想起了站在氧气柜边的那个人。"没错，有这么一个人。"他真后悔自己当时怎么光顾着吸氧了，没有对他提高警惕。

"我敢打赌，他肯定是在给你拍照，"司机说，"他带的那个皮包里有一部小型摄影机。只要将皮包的拉锁稍稍拉开一点儿，用胳膊一夹，机器就开始工作了。估计他拍了有五十英尺左右，正面、侧面都拍了。今天下午照片就会送到他们总部，一起送去的还有你行李里的物品清单。你从外表看起来似乎没有带枪，可能是挂在腋下了，而且那家伙又很扁。一旦被他们发觉你身上带着枪，你一到赌场，就会被一名枪手死死地盯住。今天晚上也许就会下达命令。你一定注意身边穿外衣的人。在这个地方穿外衣，目的只有一个，就是藏枪。"

"多谢了，"邦德不禁有些恼火，"看来这帮家伙组织得很严密，我得加倍警惕才是。"

汽车驶向著名的赌博街。路的两旁除了偶尔出现的旅馆广告，都是沙漠。逐渐地开始看见加油站和汽车饭店如雨后春笋般冒了出来。有一家汽车饭店还配有用透明玻璃砖砌成的游泳池，他们路过时，正好看见一位姑娘一头扎进了清爽碧绿的池中，激起了一串水花。他们又经过一家带有餐厅的加油站，门前贴着非常醒目的广告：加油站自助餐厅，提供热狗、牛排、肉饼及冷饮。外面停着两三部车，应该是有人在里面用餐。女招待一律都穿着比基尼泳衣和高跟鞋。

天气酷热难耐，连个树影都见不到，只在汽车饭店门前院子中有几棵椰子树。迎面开来好几辆车，它们的镀铬风挡框上反射出道道白光，刺得人睁不开眼。邦德的眼睛也被晃得不舒服，衬衣已经被汗水浸湿，紧贴在身上。

"现在进入赌博街了。"司机介绍说。

"知道了。"邦德说。

"这是弗拉明戈酒店。"当车子驶过一排低矮的现代化旅馆时，柯诺说道，"这是西格尔的产业，建于一九四六年。有一天，他带着他那肮脏的钱，从海岸边来这儿转悠。那时，拉斯维加斯还在发展中，不过已经修建了不少赌馆、妓院和高级游乐场。西格尔不甘人后，认定他在这儿大有油水可捞，于是就在此开了旅馆。这是一家名叫沙洲的俱乐部。现在老板是谁还没搞清楚。刚刚盖好两年。经理叫殷杰克，曾经在纽约市的科帕俱乐部干过。听说过他吗？"

"没有。"邦德回答说。

"那是威尔伯·克拉克的'沙漠饭店'，是由克利夫兰和辛辛那提两个组织共同出资兴建的。那边是撒哈拉俱乐部，是一个最新式的赌场。开张第一天就输了五万美元。说了你都不相信，按这儿的规矩，凡是新开张的赌场都要请各家的大赌棍来捧场。那一天晚上是宾客迎门，好不热闹，而且还能享受开业的优惠。但可笑的是庄家并不赚钱，钱一个劲儿地往客人口袋里钻。庄家一下子就赔了五万。"司机又朝左边的一个大篷车指了指说，"那家饭馆是当时西部开发时期的风格。值得一看。那边是'雷鸟'夜总会。街对面就是本地最大的赌场——冠冕饭店。我想你对斯潘先生的家底应该很清楚，就不用我多说了。"他把车速放缓，最终停在了冠冕饭店的对面。

"我只是知道个大概。"邦德答道，"如果你有空，我很愿意听你给我详细讲一讲他们的情况。现在干什么？"

"随便你。"

外面的太阳火辣辣的。邦德只想赶快躲进房里，吃顿午餐，然后游游泳，或者休息一下。

厄恩又发动了汽车。汽车穿过马路，滑过一排浅红色水泥建筑，然后停在了一个大玻璃门前。身穿天蓝色制服的侍者走了过来，为邦德打开车门，并拿了箱子。车门外酷热难当。

当邦德侧身走过玻璃大门时，听见柯诺对侍者说："英国来的大阔佬。包了我的车子，按天计费，一天五十块钱，不错吧？"

邦德走进了玻璃门，也就走进入了塞拉菲姆·斯潘的皇宫大厦，冷气拂面而来。

第十六章

无 所 事 事

　　邦德去一家装了空调的餐厅吃午餐，它的旁边是一个游泳池，呈腰子形状，有许多顾客在他的眼前晃来晃去，但从他们的身材看，适合穿泳装的实在是少之又少。邦德顶着火热的日头走过二十码的草坪，回到了自己的房间。他脱光了衣服，赤身裸体地往床上一躺。

　　冠冕大饭店一共有十六座大楼，分别以宝石的名字命名。邦德住的是"土耳其玉厅"的底层。房间的墙壁是蛋青色的，窗帷和沙发套是藏青色的；各式各样的现代家具像是用金子做的一样；床边有一部收音机，窗前有一台十七英寸的电视机；窗外还有一个客人进餐的宽大的遮阳凉台；室内非常安静，空调也没有一点儿声音，屋子舒适极了，邦德很快就进入了梦乡。

　　他睡了足足有四个小时。藏在床头柜底下的钢丝录音机这段时间可是白白浪费了几百英尺的钢丝带。

　　邦德醒来时已是晚上七点半了。他打了一个电话询问凯丝小姐："请转告她，邦德先生电话找她。"邦德在屋内的所有声音都被录音机记录了：走动的声音、洗澡时莲蓬头喷水的声音以及七点半钟出门时钥匙锁门的声音。

半小时后，敲门的声音又被录了下来。一会儿，门开了。一个侍者打扮的人送来了一篮水果。篮子里还放着一张卡片，上面写着：本店经理部敬赠。他走进房间，迅速地来到床头柜旁，拧下了两只螺丝，从录音机上取下一卷钢丝带，然后换上了一盘新带子。他把水果篮放在衣柜上，关好房门，走了出去。

录音带在以后的几小时中只是默默地转动着，什么声音也没录上。

邦德独自一人在冠冕酒店的长吧台上坐着，在品尝着掺了伏特加的马提尼酒的同时，也在用行家的眼光观察着这座富丽堂皇的赌厅。

邦德注意到，在拉斯维加斯，一种新的建筑风格正在流行，可以称之为"镀金的捕鼠机"建筑学派。这种设计风格的目的就是为了吸引"老鼠"们进入赌场，让他们心甘情愿地自投罗网。

赌场有两个出口，一个出口通往大街，一个通往客房大楼和游泳池。不管你从哪个口进入赌场，或者是从哪个口出去，哪怕是去买包烟，或去餐厅喝杯酒吃顿饭，或去理发室，或上健身馆，甚至是去上厕所，你都要经过两排吃角子老虎机和一排赌桌。一旦你置身其中，听着机器咔咔作响的声音，或从某处传来的银角子塞进缝隙时的响声，又或是那换币姑娘发出的银铃般的"满贯啦！"的喊声，这时候，"老鼠"肯定按捺不住要钻进笼子。如果一个人经过双骰赌台时，眼见着轮盘滴溜溜地打转，或是银圆在二十一点赌桌上叮当作响，见到这种乳酪居然还不上钩，那这个人一定是个铁打的老鼠。

在邦德看来，只有对最糟糕的乳酪流口水的老鼠才会上这种钩，这种陷阱既粗俗又下流。吃角子机发出的喳喳咔咔的噪声，只会刺激人的神经。它就像一艘已经报废的旧轮船在运往废料厂准备拆卸的路上发出的声音，不会有人去给它上润滑油，也不会有人对它进行维修，只是等着它被拆卸后拿去卖废铁。

再看看那些赌客，他们站在吃角子老虎机面前卖力地扳动着杠杆。如果当时他们能看见自己那副模样，都会讨厌自己的。他们一旦从小玻璃窗口看见自己交了好运，不等转子停下，就赶忙塞进另一个硬币。这样，那些噪声就会永无休止地从该死的老虎机里传出来，令人作呕。

假如幸运地碰上个满贯，银币就会像小瀑布一样从机器里泻出，进入在下面接着的小杯子里，有些还会蹦到地上。这时赌客就顾不上面子不面子的了，跪下来，在地上爬来爬去地找滚动的钱币。就像莱特说的，喜欢玩吃角子老虎机的大多是那些上了年纪并且家庭比较富裕的主妇们。她们站在机器前，**极像养鸡场中**的老母鸡。听着动听的音乐，吹着凉风冷气，在那里**一动不动**，直到把身上的钱全部花光。

"满贯了！"一位换币姑娘**突然激动地**叫道。几个女人马上抬头望去。看到此情此景，邦德想起了**俄国生理学家**巴甫洛夫用狗做过的试验。听着银铃般的叫声，那帮妇女的嘴角连唾液都流了下来，正像是试验中的狗。

这种场面，邦德不想再看下去了，于是转过身来，专心喝他的鸡尾酒，远处传来了乐队的演奏声。他的前面大约还有五六家店面，其中一家的招牌是用淡蓝色霓虹灯拼成的"钻石之家"字样。邦德叫来了一个侍者，问道："斯潘先生今晚来过吗？"

"没有，"侍者回答，"他一般要到第一场结束后才来，大概十一点左右，您认识他？"

"只是听说过，不怎么熟。"

邦德付了酒钱，向玩二十一点的三个赌台走去。他停在了中间的那个台子旁。看来这应该就是他要找的那张。十点过五分再过来。他看了看手表，才八点半。

这是一张不大的台子，呈腰子形状。庄家站在凹进去的位置，身子抵着台边，把两张牌发到赌台上标着八字的台面上。赌注大多是在五枚至十枚筹码之间。每枚筹码值二十美元。发牌人是个四十多岁的中年人，面带微笑，身上穿着发牌人的制服，上身穿着白衬衣，袖口扣得很紧，领子那儿系着一条黑色领带，这种领带是西部赌客常见的，头上戴着一顶绿遮檐帽，下身则穿着一条黑色长裤，为了防止裤子磨损，腰前还系了一条绿围裙。

发牌人沉着老练地发着牌，赌台周围很安静，偶尔听到有人招呼身穿黑绸制服的女侍者来一杯酒，或买一包烟。两位赌场大班坐在赌厅中央，腰间别着手枪，用鹰一般的目光监视着各台赌局。

二十一点的赌法很痛快，但单调乏味程度却不亚于吃角子老虎机。邦德看了一会儿，便去了赌场一边的吸烟室。四个穿着西部牛仔装的巡警在场内东走走、西逛逛，似乎无所事事，实际上他们是在奉命维持全场的秩序。他们每个人的屁股后面都吊着一支插在枪套里的左轮手枪，皮带上则别着五十发锃亮的子弹。

邦德心想，这地方的警卫还挺森严的。他沿着一排赌台走出了大厅，来到一家霓虹灯显示叫"彩色宝石餐室"的餐厅。

餐厅呈扁圆形，有些低矮。里面有着浅红色的墙壁和灰白色的家具。餐厅里的人不多，稀稀落落地坐着。女侍者走过来，领邦德在一个角落里的餐桌旁坐下。她弯腰整理了一下餐桌花瓶里的花，然后冲客人笑笑便离去了。十分钟后，另一位女侍者走过来，在桌上放了一条小面包和一块黄油，还有一只装着菜卷肉片配橘汁酪和芹菜茎的碟子。又过了一小会儿，一位年纪稍大的女侍者送上了菜单，然后说了一句"马上就来"，便匆匆地朝厨房走去。

邦德在餐厅坐了足有二十分钟，他点的烧蛤蛎和炸牛排才端上来。在等待的这段时间里，他又要了一杯掺伏特加的马提尼酒。

"酒一会儿就来。"女侍者说。邦德心想，这儿的服务员倒是很有礼貌，就是动作太慢了。不过菜上得虽慢，味道倒还不错。邦德边吃边琢磨着今晚的行动。他很讨厌自己现在扮演的这个角色。他指望着第一次活儿的报酬在不久之后就能拿到，而拿到报酬后如果他还能入大老板斯潘的法眼的话，可能会接到一个长点儿的活儿，但也只能是和帮里那些十七八岁的小伙子瞎混，自己根本没有主动权。他先是被拨到萨拉托加，然后又被送到这个赌场。大名鼎鼎的邦德，在这个鬼地方，住人家的，吃人家的，还有人暗中监视，被人在背后议论动作是不是稳重，外表够不够老道，能不能胜任这一桩小事……真是够窝囊的。

邦德使劲儿咬着牛排，就像是在咬着斯潘的手指一样。他暗暗诅咒着这份可恶的差事。过了一会儿，他才渐渐平静下来，心想，自己到底是在担心什么呀？这趟差最关键的部分就在今晚。现在自己已经深入到走私集团的核心，成了斯潘大本营的座上客，而斯潘和伦敦的杰克以及那位ABC，他们几个不正是全球最大走私活动的幕后指挥者嘛，自己怎么老跟自己过不去呢？或许是因为一时情绪上的厌恶，或许是因为以一个陌生人的身份和这帮卑鄙下作但却有权有势的家伙们厮混得太久，或许是对这种富丽堂皇却充满了火药味的恶棍大本营产生了强烈的反感。

邦德一边喝着咖啡，一边为自己做着总结。这主要还是因为冒名顶替的时间太久的关系。他来这里，本来是想跟斯潘帮和拉斯维加斯好好干一场的，现在看来还是时候未到。他看了看手表，正好十点。他点上一支香烟，站起身来，走出餐厅，走向赌场。

这场比赛的玩法只有两种，或者采取被动战术，顺其自然；或者采取主动战术，加快事态的发展。

第十七章

收 回 工 钱

　　赌场中的气氛似乎发生了一些变化，安静了许多。乐队、玩吃角子的女人们都已经不在了，只有少数几个赌客还散落在一些赌台上。轮盘赌台边上多了两三位穿着夜礼服的漂亮小姐，她们是花五十美元雇来撑场面的。一名醉汉在双股赌的赌台边拼命地吆喝着。

　　好像还有点儿什么不一样的地方。啊！凯丝！刚才他观察过的那张二十一点赌台边的发牌人竟然换成了凯丝。他真是万万也想不到。

　　难道她在冠冕饭店就干这个？

　　邦德朝四周看了看，惊奇地发现三张二十一点赌台的发牌人全都换上了漂亮姑娘。她们清一色的西部牛仔打扮——灰色的衬衣，短短的灰呢裙，脖子上系着一条黑色大手帕，背后吊着墨西哥式宽边灰呢帽，腰间系着一条带钉子的宽边皮带，脚上穿着肉色尼龙长袜和半长筒的黑色皮靴。

　　邦德再次确认了一下时间，然后信步踱进赌场。真想不到他们是让凯丝来做手脚送给他那五千美元。他们选择这个时机肯定颇下了一番功夫。隔壁演奏厅的著名小歌剧还未散场；赌台上只有他这一个客人；当她与他玩二十一点时，没有其他赌客在场。

十点过五分，邦德轻轻地走到了赌台边，找了一个正好与发牌人面对面的位子坐下来。

"晚上好。"

"你好。"凯丝淡淡地冲他笑笑说。

"最大注下多少？"

"一千美元。"

邦德掏出十张一百美元的钞票放在了台上。这时一位赌场大班走了过来。他看都没看邦德一眼，只对漂亮的女发牌人说："凯丝小姐，也许客人想玩一副新牌。"说着，便交给凯丝了一副新牌。

凯丝打了新牌的包装纸，然后把旧牌交给了大班。赌场大班往后退了几步，似乎对监督这张台面没什么兴趣。凯丝熟练地轻轻拍打牌盒，把纸牌取了出来，然后将其分成两半放在了桌上，洗牌的动作干净利落。邦德看出这两半纸牌并没有真正错开。她拿出纸牌放在桌上请客人切牌，邦德随便切了一下，然后便坐在一旁欣赏她熟练的单手顺牌技术。

牌整理好了，但是实际上，别看折腾了这么久，放在她面前的纸牌的次序一点儿没变，和原包装盒中的次序一模一样。邦德不禁暗暗佩服她蒙混过关的手法是如此高明。

他抬起头看着凯丝那双灰色的大眼睛，想看看她会不会泄露出一点同谋的迹象。

这时，她发给了他两张牌，然后给自己也分了两张。邦德警告自己，一定要加倍小心，千万不能失手把纸牌原定的次序搞乱了。

台桌上印着一排白字，是玩二十一点的规则：庄家必须抽够十六点，不得超过十七点。邦德估计，他们已经为他安排了大满贯的机会，但就怕半路上杀进一位爱管闲事的赌客。这样的话邦德每次都将得到二十一点，而发牌人自己分到的总是十七点。

邦德看了看发给自己的两张牌，一张十，一张 J。他朝发牌人摇摇头，表示不要了。她翻开自己的两张牌，一共是十六点，于是又要了一张，是老 K，结果给胀死了。

发牌人的身旁放着一只木箱，里面盛着一些筹码饼。不一会儿，赌场大班送来了一块价值一千美元的大筹码饼。凯丝拿到后，随手就丢在了邦德的面前。邦德把这块大筹码饼放在了压宝线上，换回现金，装进了衣袋里。她又发给他两张牌，分给自己两张。邦德的两张牌加起来一共是十七点，他又摇摇头表示够了。她的牌一共才十二点，于是又要了一张，是张三，加起来才十六点，还不是够大。她又要了一张，这次是张九，加起来有二十四点，又胀死了。赌场大班又拿着一块一千美元的筹码饼走了过来。邦德捡起来放在了口袋里，把原来的那块仍然留在压宝线上。第三盘，他得到的两张牌加起来共十九点，她得到了十七点，按照桌上写的二十一点的规矩，庄家不能再要了，她又输了。于是邦德的口袋又装进了一块筹码饼。

这时，赌场的大门打开了，客人们用过了晚餐，三三两两地走了进来。很快，他们就会把赌台围得水泄不通。这是他的最后一局，玩完以后他必须马上离开这里，也不得不离开凯丝。凯丝有些不耐烦地看了他一眼。他从桌上捡起分给他的两张牌，一共二十点。她也翻开自己的牌，是两张十点，这局平了。邦德不禁笑了起来。这时，有三个赌客走了过来，坐在赌桌边的凳子上。她连忙给他重新发了两张牌。这次，他得到十九点，而她却是十七点。他又赢了。

赌场大班这次干脆直接把第四块筹码饼从柜面上扔给了邦德，带着一脸不屑的表情。

"天啊！"一位新来的赌客不无羡慕的嘟囔着。邦德将第四块一千美元的筹码饼收好，起身离开了赌台。他冲凯丝微微点了点头，说："谢谢，你分的牌真是太妙了。"

"我也是这么认为的。"那位赌客在一旁接着说。

凯丝盯着邦德，不露声色地说："多谢光临。"她低头沉思了片刻，然后彻底洗了一遍纸牌，拿到刚来的赌客面前，让他切牌。

邦德转过身，慢慢地离开了赌台，心里却还在想着凯丝。他偶尔侧过身，远远地打量着这位姑娘，她穿着西部牛仔装，样子看起来又骄傲又直爽的。她的清丽动人肯定也能吸引别的赌客。果然，不一会儿就来了八位老主顾，他们环桌而坐，还有不少人站在外面，盯着她看。

邦德越想心里越难受。他走到酒吧台边，要了一杯波本威士忌和本地泉水，祝贺一下自己刚刚赚到五千美元。

侍者取出来一瓶带软木塞的泉水，威士忌就在手边放着。"这泉水是从哪儿来的？"邦德惊奇地问。

"是从博尔德水坝用大卡车运来的，"侍者一本正经地说，"每天一趟，您不用担心它的质量。"他解释说，"这可是地道的矿泉水。"邦德往柜台上丢了一块银币，尝了一口说："的确是矿泉水。好了，钱不用找了。"

他手里端着酒杯，背靠吧台坐在高凳上，在心里盘算着下一步的计划。现在他已经领到了工钱。沙迪曾经特意叮嘱过他，收到钱后立即离开，千万不可再去赌。

邦德心想，要是完全听沙迪的，到头来他只能还是一个让人使唤的听差。只有大干一番，才能引起他们的注意。

邦德喝完酒，穿过赌场，向最近的一张轮盘赌台走去。只有几个小赌徒在那里，赌注下得也很小。

"这里最大赌注是多少？"他向赌台旁边一个秃了顶的管理员问道。那人正从轮盘字槽中取象牙球，看起来死气沉沉的。

"五千美元。"管理员无精打采地答道。

邦德从口袋里掏出那四个一千美元的筹码饼，又取出十张百元的美钞放在管理员的身旁："我买红。"

管理员马上在高椅上坐直了身子，瞟了邦德一眼，然后把四块筹码饼放进了红格框里，又用手中的长杆推了推，把它们聚拢在一起。他又数了数钞票，然后把钞票从一条缝中塞进抽屉，又从筹码匣里取出一块一千美元的大筹码饼，也用长杆推进了红格框里。这时，管理员在桌子下的膝盖向上一抬，按响了电铃。赌场大班听到铃声后，便朝轮盘赌这边走了过来。此时管理员已经开始旋转轮盘了。

邦德点燃了一支香烟。他看上去异常冷静，手都不抖一下，心里别提多痛快了。他终于开始主动进攻了，而且有必胜的信心。轮盘转速慢了下来，象牙球"啪"的一声掉进了一个窄槽。

"三十六，高单双色，买红的赢钱。"

管理员拿着长杆把输家的筹码都拨到了面前，并且从中拨出一部分给了赢家，然后又从筹码匣里取出一块很大的筹码饼非常小心地放在了邦德的旁边。

"我买黑。"邦德说。管理员把价值五千美元的大筹码饼放进了黑格框，又把原来在红格框中的五枚一千美元的筹码饼拨给了邦德。

这时，赌台周围的客人们开始窃窃私语，一些别的赌台的客人也跑到轮盘台来看热闹。邦德察觉到了在他的脑袋后面，一些人正用古怪的眼色盯着他，他不管他们，只是死死地注视着赌场大班的眼睛。那双眼睛带着敌意，像毒蛇似的盯着他，目光中流露出了惧怕的神色。

邦德故意冲他笑了一下，轮盘又迅速地转动起来，白色的象牙球开始逆时针旋转。

"十七。黑色，低单，买黑的赢钱。"管理员高声宣布着。周围的赌徒们发出一阵唏嘘之声，火辣辣的目光直勾勾地盯着又一块五千美元的大筹码饼从匣子里取出来，送到邦德面前。

邦德还想再玩一把，但转念一想，还是先歇一盘吧。

"这次，我先退场。"他对管理员说。管理员看了看邦德的人，把在台桌上放着的那块大筹码饼推给了他。

除了那位赌场大班，现在场上又多了一个牢牢地盯着邦德的人。那人的目光就像是相机镜头，锐利无比。他那红红的嘴唇上叼着一根粗大的雪茄，如同一支枪管对着邦德。他的那副模样活像一只凶狠而贪婪的老虎监视着拴在栏杆上的驴子，危险随时可能降临。那人虽然面色苍白，但从他那方方的额头、剪成小平头的卷发以及突出的下巴看上去，不难发现和他伦敦哥哥在某些方面有相似之处。

轮盘再次旋转起来，这次象牙球既没有朝红色字码也没有朝黑色字码的沟槽走，而是掉进了两个绿圈组成的零号。零号代表庄家通吃。邦德望着那两个绿圈，不禁暗自庆幸，如果再玩一把的话，他肯定是全盘皆输。

"双零。"管理员喊了一声，然后用长杆把台面上所有的赌注都聚拢到了一起。

邦德决定再赌最后一次。要是这盘赢了，他就带着斯潘拱手奉送的这两万块悄无声息地离开。他又抬起头看了看大老板塞拉菲姆。他那镜头般的目光依然在虎视眈眈地注视着他，而那根如枪管般的粗雪茄也还在咄咄逼人地对准他，那张苍白的脸上没有任何表情。

"我买红。"邦德说着并递给了管理员一块五千美元的筹码饼，管理员把筹码饼压在了红格框里。

这样做会不会太刺激他们？没关系的，这个储台的赌本肯定不止两万美元。

"五，红色，低单，买单的赢。"管理员喊道。

"不玩了，我准备现在就取走赌注，"邦德对管理员说，"多谢。"

"请再次光临。"管理员非常冷淡地说。

邦德的手在衣袋里不停地拨弄着他刚刚赢来的那四枚大筹码饼，挤出了在他身后围得里三层外三层的人群，径直走向赌场边的兑换处。"请给我换成五张一千美元的现钞和三张五千美元的汇票。"他把四块大筹码饼递给钢栏杆后面的出纳员说。出纳员接过了筹码饼，把他要的汇票和钞票递给了他。邦德接过钱，把它塞进了口袋里，又转过身走到服务台前说："请给我一个航空信封。"服务员把信封递给他，他走到靠近墙边的写字台旁，把三张汇票装在了信封里，并在信封上写下了收信人的姓名和地址：英国伦敦摄政公园国际进出口公司经理亲启。然后又到服务台买了张邮票，贴了上去，做完这些以后，他把信封塞进了一个印着"美国邮政"字样的缝槽里。他心想，邮政系统应该算美国最神圣的地方了，它的安全应该没有什么问题。

邦德看了看表，差五分就到十二点了。

他又最后往这个赌场扫了一眼，发现凯丝已经不在了，估计是下班了。在她原来的位置站着另一位小姐。斯潘先生现在也不知道去哪里了。他走出赌厅，穿过草坪，回到了自己的房间，锁上了门。

第十八章

飞 车 激 战

"你干得怎么样？"第二天晚上，厄恩·柯诺开车载着邦德走在赌博街上时问。

"还不错，"邦德说，"我玩了几回轮盘赌，赢了他们一大笔冤枉钱，不过我相信这对于他们来说只不过是九牛一毛，算不了什么。"

"他可真是个狂人，一个疯狂迷恋西部生活的狂人。"司机说，"他买下了九十五号国道旁的一个废墟。那地方过去本是垦荒边民的居住区，后来也不知什么原因，人全跑了，那儿就变成了一座死城。他看上了那地方，把它整修一新，铺上了木板的人行道，搞了精美的沙龙和酒吧，还开了一家木制旅馆，专门供下属休假用的，甚至把小火车站都改装成了西部风格。这附近还有个城镇，叫作斯佩克特维尔，是个靠银矿发达起来的鬼地方。那里的工人掘出的银矿砂据说价值几百万美元，都是用一条小铁路运到五十英里开外的赖奥利特城。那个城镇本来也是个被人遗弃的废墟，不过现在可是不一样了，已经成了观光点，那里有座房子，是用废威士忌酒瓶搭起来的，很有意思。大量的矿砂都堆在那儿，运矿砂的铁路起点也是那儿，银矿砂就是从那里运往西海岸的。斯潘老板很会琢磨，他自己有辆火车，是由一部老式的'高原之光'型火车头和一辆早期的火车车厢拼接而成的。平时火车车厢就停在斯佩克特维尔车站，一到周末，斯潘老板就会亲自开火车带手下人去赖奥利特城，痛痛快快地玩一晚上，他们喝香槟，吃鱼子酱，还有乐队伴奏和舞女表演，还可以看烟火，真够刺激的。可惜我也只是道听途说，没亲眼见过。"说着，司机把车窗放下，朝路边吐了一口痰，然后接着说，"你说得对，斯潘老板有的是钱，他就是这样大肆挥霍的。我说的也一点没错，他是个不折不扣的狂人。"

邦德心想，原来是这样。难怪他打听了一整天，都没打听到斯潘先生和他手下人的去向。原来星期六那天，他们全都坐着火车去赖奥利特城游玩了，而那个时候他在做什么？待在冠冕饭店里游泳，睡懒觉，随时等着人来向他找麻烦。虽然偶尔他也会发现有穿制服的巡警多看了他两眼，但这也无妨，大概在他们眼中，他也只不过是冠冕的一位普通顾客。

早上十点钟左右，邦德游了个泳，吃过早餐，便去理发店理发。那里没几个顾客，除他之外，就只有一个胖男人躺在理发椅上，那人身上穿了一件紫色厚绒的晨衣，右手垂下，非常惬意地让一位漂亮姑娘为他修剪着指甲。修剪指甲的那位姑娘粉面桃腮，梳着一头非常亮泽的短发。她自顾自地坐在小板凳上做着活，看起来非常专注。

邦德坐在理发椅上，从镜子里观察着那个胖男人，发现理发师对这位胖客人很是殷勤，照顾得非常周到。他小心翼翼地掀开敷在胖客人脸上的热毛巾的一角，然后又轻轻地去掀另一角；他用一把小剪刀仔细地剪去他耳朵里的耳毛，然后又低声下气地问道："先生，您的鼻毛还剪吗？"胖子只是轻轻地哼了一声，于是他又非常谨慎地掀起了他在鼻子附近的毛巾，用小剪刀细心地修剪起了鼻毛。

胖子的鼻毛修剪完后，理发室中显得很安静，除了邦德头上的剪刀声，以及修甲姑娘把修剪工具放回小瓶时偶尔发出的碰撞声，什么都听不见。邦德的发理完了，理发师摇着椅子的手柄，椅子慢慢升高了。

"先生，看看怎么样？"理发师拿着一面镜子照着邦德的脑后问。

正在这时，听见了一声低沉的"哦"声，打破了理发室里的寂静。

估计是理发椅升起的时候，修指甲姑娘那只拿削刀的手有些滑，伤到了那个胖子的手。那位胖子一下子就坐了起来，掀开敷在脸上的毛巾，把那只伤到的手指放到嘴里不停地吮吸。然后身子一歪，抄起手来重重地打了那姑娘一巴掌。打得那位姑娘从矮凳上摔了下来，倒在地上，修剪工具撒得到处都是。那胖子怒气冲冲地咆哮着："把这个婊子给我开了。"他吼叫着，同时还不忘又吸吮起那只把被划破的手指。他趿拉起拖鞋，踩着撒落在地上的修剪工具，走了出去。

"是的，斯潘先生。"理发师冲着斯潘的背影大声喊道。然后，他开始教训起那个正坐在地上哭泣的姑娘，对她破口大骂。邦德转过身来轻声劝他说："别骂她了。"说着，他掀掉围在脖子上的毛巾，从椅子上站了起来。

理发师看了他一眼，显然很吃惊。他没有想到，在这儿竟然还有打抱不平的客人。他的骂声马上停止了，连忙改口说："好的，先生。"然后，他弯下腰开始帮那姑娘收拾地上的修剪用具。

邦德付理发费时，听到那个姑娘在为自己辩解："卢西恩先生，这真不是我的错。他今天好像特别紧张，手指在不停地颤抖。是真的，他的手指抖得特别厉害。以前他从没这样过，今天可能是神经过于紧张了。"

斯潘先生这样紧张，邦德暗暗高兴。

　　一路上，邦德都在想着上午发生的事，柯诺大声讲话的声音打断了他的思路："先生，后面有尾巴，而且是两辆车，一前一后紧咬着不放。别回头！看见前面那辆黑色轿车了吗？里面坐着两个人，车上还装了两面后视镜，他们已经观察我们有一段路程了。后面还紧跟着一辆红色小车，是一辆带活动座椅的金钱豹牌跑车，车里也有两个人，车后座上还放着高尔夫球棒袋。这帮家伙我认得，是底特律紫色帮的人，他们喜欢穿淡紫色的衣服，说话一嘴娘娘腔。对高尔夫球，他们毫无兴趣。他们喜欢的只有一样东西，那就是手枪。你可以向外看看，装着欣赏风景，但一定要注意他们的手，说不定会掏枪的。我想办法甩掉他们。准备好了没有？"

　　邦德照做了。柯诺突然猛踩油门，关掉了电门。一刹那，排气管如同一支步枪般朝后面冒出了一股白烟。这时邦德注意到车上那两个家伙把右手伸进了夹克衣袋里，准备掏枪。邦德转身对柯诺说："你说的一点儿没错。"过了一会儿，他又说，"厄恩，还是我自己来对付吧。我不想连累你。"

　　"见鬼，"司机马上打断了他，"我才不怕他们呢。只要你同意出钱帮我修车子，我就能想办法甩掉他们。可以吗？"

　　"这里是一千美元，做你修车的费用。"邦德说着从口袋里掏出了一张一千美元的钞票，塞进了厄恩的衬衣口袋里，说，"谢谢你，厄恩。我倒要看一看，你用什么方法甩掉他们。"

　　邦德取出了藏在腋下的手枪，握在手里。他心中暗想，总算让我等到这个时候了。

　　"好吧，老兄，"司机兴奋起来，"我早想找机会跟这帮家伙算算账了。我受他们的气，可不止一两天了。准备好，我开始了。"

前面出现了一条宽敞平坦的大路，往来车辆也非常稀少。夕阳照在远处的山峦上，将其染成了一片橘红色。天色渐渐暗了下去，马路上的光线也越来越弱，这时候，司机们往往会拿不定主意，不知道究竟要不要开亮车灯。

汽车稳稳地向前行驶，时速大概四十英里。黑色的雪佛兰汽车走在前面，与它隔了有二十米左右，它的后面紧跟着那辆金钱豹牌跑车。突然，柯诺猛地用力踩死了刹车，车子轮胎吱吱地叫了几声，便擦着地皮慢慢停住了，邦德猛地被向前甩了一下。那辆金钱豹根本来不及刹车，前面的挡泥板、车灯和水箱散热屏都一头朝出租车撞了上来，铁片和玻璃碎片四处翻飞。刹车之后，出租车车身仍向前涌了一下。司机眼疾手快，马上挂好排挡，一踩油门，把金钱豹的散热水箱甩开了，然后沿着公路加速行驶。

"让他们继续享受撞击的快感吧！"厄恩·柯诺对自己的表现非常满意，得意扬扬地对邦德说："看看他们现在怎么样？"

邦德扭过头朝后望去，带着几分猜测说："水箱散热屏肯定被撞裂了，前轮的两个挡泥板也全撞坏了。挡风玻璃上似乎有花纹，估计是给撞破了。"夜色渐浓，金钱豹的情形已经看不太清了。邦德继续说，"车上的人全都下来了，正在卸前轮挡泥板。我想，要不了多久他们就能带伤上路了。不过我们的头开得很好。接下来你还有什么高招？"

"下次可没这么容易了，"司机大声地说，"刚才我们已经向他们宣战了。当心！最好斜躺下。我们前面那辆雪佛兰车已经停在路边了。说不定他们会朝我们开枪的。好吧，看我的。"

车子突然飞快地向前窜。柯诺用一只手转动着方向盘，身体倾斜着，眼睛死死地盯着前方的公路。

当他们的车飞快地经过雪佛兰车时，只听"嘟"的一声，之后便响起了两声清脆的枪声，马上就有一些玻璃碎片就落到了邦德身旁。柯诺一边咒骂着一边表演着他高超的车技，汽车斜着往前溜了一段，接着便又继续飞速向前行驶。

邦德在后座上跪着，用枪托在后窗玻璃上砸了一个洞。后面雪佛兰车像条疯狗一样紧追了上来。它的头灯全部打开了，晃得人睁不开眼。

"坐稳了，"柯诺用低沉的声音说道，"我要来个急转弯，把车停在前面大楼的一侧。他们一追过来，你就朝他们开枪，狠狠地打。"

邦德用手紧紧地抓住椅背。伴随着轮胎吱吱的叫声，汽车开始向一边倾斜，随后又恢复了平稳，突然刹住了。邦德立即打开车门跳了出去，蹲伏在车门边，把枪高高抬起。雪佛兰的车灯射在了他们的侧面。但一会儿，车便转了个弯，朝着他们的方向驶过来，轮胎因为超压而发出刺耳的声音。邦德心里想，到时候了，要趁它还没有站稳，狠狠地揍它。

啪，啪，啪，啪。邦德连开四枪，子弹飞向二十米外的目标，发发中的。

雪佛兰一头冲向路旁的石头，车身倾斜，又撞向一棵树，随即被弹回来撞到了路边的电线杆上，然后转了一个圈，最后四脚朝天翻在了地上。

邦德躲在一边洋洋得意地看着这一幕，表演真是精彩！他先是听到一阵金属碎裂的声响，接着看见从引擎盖里开始向外喷吐火焰。有人在努力从车窗向外爬，但火舌已经沿汽油管烧向了真空泵，然后又沿着车架烧着了油箱。等到整个车身都被火舌吞没时，车里的人就在劫难逃了。

邦德想穿过公路看个究竟，突然出租车里传来了厄恩的呻吟声。他扭头一看，发现厄恩·柯诺从驾驶座上滑落了下来。邦德赶忙打开了车的前门，把厄恩搀了出来。他的左臂被打伤了，血迹溅得到处都是，衬衣也被血染红了一大片。邦德费了半天劲儿才把他扶到了副驾驶的座位上，厄恩睁开眼有气无力地说："快，兄弟，"他咬紧牙关，"快，快开车。那辆金钱豹快追上来了。带我去看医生。"

"好的。"邦德钻进汽车，坐在驾驶座，轻声地安慰司机说，"放心吧，我会照顾你的。"他挂上车挡，迅速从烈焰熊熊的雪佛兰车旁驶过，一群旁观者看得目瞪口呆。车子快速驶上了公路。那些旁观者从不同方位向着火的汽车聚拢，看着火焰直冲云霄，却束手无策。

"一直往前开，"厄恩忍着剧痛喃喃地说，"前面就是博尔德水坝了。你从后视镜看看，后面有动静吗？"

"有一辆亮着车前灯的车子，紧紧跟在我们后面。"邦德说，"有可能是那辆金钱豹。离我们的距离大概有两栋楼远。"他把油门踩到底，车子飞一样在宽敞的公路上疾驰。

"就这么开，"厄恩·柯诺说，"我们得先找个地方躲一躲，想办法把他们甩掉。我有个主意，前面不远就是这条路和九十五号公路的汇合处，那儿有一个露天汽车电影院。再开快一点，向右急转，看见那排汽车尾灯了吗？咱们就钻到那里面去。对！顺着沙地向前开，好，进入汽车队伍了，前灯熄灭，稳住！好的，刹车！"

出租车在五六排汽车队伍中的最后一排停下了。车前面是一副混凝土搭建的宽银幕。屏幕上一个男人正和一个女人说着话。

邦德转过头，看见车旁整齐地排列着金属线。只要坐在汽车里的人把金属线插入汽车扬声器的插孔，就可以欣赏到电影里的声音了。

仅仅过了一会儿，就又来了一辆汽车，开到了最后一排，停在了他们车的后面。这辆车的底盘不像金钱豹车的底盘那么低。不过现在夜色正浓，想要看得很清楚非常困难。邦德转过身子望向身后，重点盯着入口处。

一会儿，走过来一个漂亮的女招待，她的脖子上吊着一个盘子。"每人收费一元。"她边说边伸头探脑地往车里看，数数车里有多少乘客。她的右臂上挂了一大堆听筒。她从中抽出一只，把一头插入插孔中，另一头递给邦德。耳边立即响起了屏幕上那对男女热烈的交谈声。

"需不需要可口可乐、香烟和棒棒糖？"女招待一边收票，一边做着小生意。

"不需要，谢谢。"邦德答道。

"多谢光临。"女招待说完便走向后面的汽车。

"老兄，看在上帝的分儿上，把扬声器关掉吧！"厄恩从牙缝儿里挤出这句话，然后又低声说道，"我们在这儿再待一会儿，然后就去找个医生，把这该死的子弹给挖出来。"说这话时，他的声音很微弱。一直等到那个女招待走远了，他才把头靠在了车门上，身子在前座中斜躺着。

"厄恩，再忍耐一下，很快。"邦德的手在扬声器上摸索着，一会儿便摸到了开关，然后把它关掉了。此时看见屏幕上的那个男人正准备动手打那个女人，女的愤怒地开口大叫，但是无论屏幕里的女人如何大声，他们也一点儿都听不见了。

邦德又转过脸来，睁大眼睛观察着后面，但什么情况也没发现。他又转过头来打量着两旁的汽车，依稀看见一辆车内有两个人的脸在一起贴着，后座上堆了一些东西，看上去只是模糊不清的影子，另外一辆车上是两个成年人，正津津有味地看向前方，不时还端起酒瓶喝一口酒。

忽然，邦德闻到了一股熟悉的气味，是刮脸用润肤水的玫瑰香味。就在这时一个黑影从地上站了起来，用手枪枪口对着他的脸。车窗外，还有一个人正在向厄恩·柯诺靠近。那人轻声说："伙计们，别出声，别动！"

邦德朝站在他身旁的那个人看了一眼，他肥头大耳，眼睛似乎充满笑意，但笑里却又寒气逼人。那人俯下身子对邦德说："出来！英国佬，放聪明点儿，要不你这位朋友可就没命了。我的枪管上可是安了消音器。走，一起出去兜兜风吧。"

邦德回头看了看，一根黑色的枪管正顶着柯诺的脖子。他打定了主意说："好吧，听着，厄恩，我想与其我们两人都出去，倒不如我一人去方便些。我去去就回，别着急，回来我就带你去看医生。你一定要多保重。"

"快点儿！"那个胖子说。他边说边打开了车门，他的手枪一直对着邦德的脸部。

"抱歉，伙计，"厄恩说话有气无力，"我还想……"他话还没说完，后脖部就重重地挨了一枪。他身子向前一扑，倒了下去。

邦德咬紧牙关，在衣袖里使劲儿收紧两臂的肌肉，最后成了铁疙瘩。他的脑子不停地转动着，思考着能否有时间拔出手枪。他轻蔑地眯眼斜视着那两支正对着他的枪，估测着距离。有没有可能呢？两个歹徒大张着嘴用凶狠的眼睛死死地盯着他。只要他稍有动作，两个歹徒的手枪就会一齐开火。邦德有些沮丧。他拖延了足足有一分钟才举起了双手，慢慢离开了出租车，心里却仍在考虑着如何寻找机会拔枪反击。

　　"往门口走，"那个肥头大耳的人从右边推了邦德一下并轻声命令道，"放自然点儿。我保护着你呢。"他把枪收了起来，手插进了衣袋里。另外一个家伙走在他左边，老是用右手贴着他的裤腰。

　　三个人走得很快，一会儿便走出了大门。这时一轮明月从山后慢慢地升起来，在苍白的沙土地上，把他们的影子拉得很长很长……

第十九章

身 陷 魔 爪

邦德一眼就看到了停在大门外墙根处的金钱豹跑车。他坐在驾驶座右边的位子上，手枪已经被缴去了。有一大堆高尔夫球杆在肥头大耳的人身旁放着。他威胁说："想要命的话，就不要东张西望。枪正对着你呢。"

"你们这部车子，原来可真是漂亮啊。"邦德满是讥讽地说道。"再看看现在，放下了被整个砸碎的风挡玻璃，前轮挡泥板也被统统卸掉，水箱上还有一块镀镍皮向后翘着，活像一只燕尾。你们让我坐这部老爷车去哪儿呀？"

"马上你就会知道的，"司机说。他长得骨瘦如柴，嘴的样子看上去很凶残，脸颊上还有一块烧伤的疤痕。他掉转车头，朝市区驶去，穿过霓虹闪烁的大街，驰向山区。沙漠地区的公路蜿蜒曲折，就像一条玉带，一直伸向山中。

邦德注意到了路旁竖立着的一块路标，上面写着"九五"字样。他知道，车子正在九五号国道上行驶，准备开向斯佩克特维尔城。为了防止沙土和小虫飞入眼帘，他尽量弯着腰坐在座位上。此时他的脑海里开始想象着自己即将到来的命运，以及如何替朋友报仇。

原来这两个家伙加上雪佛兰车上的那两个家伙都是斯潘先生派来捉拿他的。可真够看得起他的，居然派出了四员大将。他一定是听说了邦德在赌场上的表现。

汽车在笔直的公路上疾驰着。邦德看见车速表的指针一直在八十英里左右徘徊。突然间，邦德觉得有些糊涂，他们为什么要挟持他呢。

难道斯潘帮真的已经把他看成了眼中钉？对于在赌场中玩轮盘赌，他完全可以找理由辩解说没有听清楚这一条禁赌的命令。至于为什么要和这四个人发生搏斗，那完全是因为他把他们当作了敌对匪帮派来的盯梢。"如果你要找我，为什么不直接给我打个电话呢？"邦德觉得自己理由十分充足。

他应付这四位打手的表现至少可以证明，他能够胜任斯潘先生交代的任何事情。邦德认为这次来美国是不虚此行，因为他马上就要到达他的终极目标，也就是连接着塞拉菲姆·斯潘和他伦敦哥哥的这条钻石走私路线的终点站。

邦德扒伏在跑车的前座，眼睛一直注视着仪表上的亮点，陷入了沉思。他在思考着如何应付即将到来的问话。他能套出走私集团的秘密吗？如果可以的话，又能套出多少呢？他又想到了厄恩·柯诺，也不知道他现在怎样了？

他根本没有考虑自己的安全，没去想他孤身一人深入虎穴会遇到什么样的危险，也没去想自己应该如何脱身。他压根儿就瞧不起这帮家伙。

路上大约走了两个小时，邦德一直在心里演练着接受斯潘先生盘问时可能会用到的台词。忽然，他觉出车速放慢了。他抬头望了望仪表板，原来汽车已经熄火了，只是在凭借着惯力开向一面铁丝网编成的高围墙。墙的中间有一扇大门紧闭着，门上挂着的一只大灯泡正好照亮下面的牌子。牌子上写着：斯佩克特维尔城。非请勿入。内有恶犬。汽车停在了一间位于水泥坪上的铁皮哨所边。铁皮哨所旁还装了一只门铃。门铃下面用红笔写着：来人请按门铃并说明来意。

那个骨瘦如柴的司机下车走到哨所旁，伸手按了一下门铃。过了会儿，只听一个很清脆的声音问道："谁呀？"

"弗拉索和麦尔尼格尔。"司机大声答道。

哨所里有人应答了一句什么，然后只听"咔嗒"一声，高高的紧闭着的铁丝网大门便慢慢地打开了。汽车驶进大门，经过一块大铁板，然后驶上了一条狭窄的土路。邦德又回头看了看，只见大门又慢慢地关上了。

汽车在土路上大约走了一英里。这是沙漠中的硬石土路，在它两旁除了零星点缀着的仙人掌之外，看不到其他任何植物。前方出现了一片光亮。汽车拐过一座小山，顺着下坡路行驶，一会儿便来到了一片灯火辉煌的建筑物前。建筑物的旁边，是一条窄轨铁路，它在月光的映衬下，笔直地通往遥远的地平线。

汽车经过了一排灰色房子——从它们挂的招牌看，应该是杂货店、药房、理发店、银行等，在一个门外点着煤气灯的房屋前停下了。房门的上方挂了一块金字招牌。招牌上写着两排字，上方写的是：绯嘉德音乐沙龙，下方是：供应啤酒和烈酒。

这个沙龙有着一扇老式的弹簧门，从外面能看见自门中斜射出来的黄色的灯光，这灯光把门前的街道都照亮了，也照亮了停在路边的两辆熊猫牌老式汽车；邦德又听见蹩脚的钢琴声从室内传出，弹奏的是一首名叫《不知谁在吻你》的通俗歌曲。这曲子使他不由想起了西部影片中的许多场景：堆集着木屑的厅房，供应烈酒的酒吧以及穿着长筒网眼丝袜的歌女。

"英国佬，快出来！"司机喝斥道。三个人的身子都有些僵硬，慢慢地从车子里挪了出来，脚踩在了木板铺成的人行道上。邦德的大腿已经麻木了，他趁机按摩了一下，同时窥视着另外两个人的脚。

"快点儿呀，胆小鬼。"麦尔尼格尔边说边用手枪轻轻碰了一下邦德的肘部。邦德慢慢舒展开有些僵硬的四肢，同时用眼睛仔细地估测着距离，以便捕捉动手的最佳时机。这时两扇弹簧门突然朝他迎面甩了过来，他稍一迟疑，便察觉到弗拉索将枪口抵在了他的脊梁上。

邦德迅速行动起来，他挺直身子，来了一个虎跳，窜向正在摇晃的弹簧门，不偏不倚正好扑在了麦尔尼格尔的背上。屋子里灯火通明，但却空无一人，只有一部电唱机在不停地转动。

邦德伸出双手，把麦尔尼格尔的上臂抓得牢牢的，然后又用力一举，对方的双腿便离开了地面。邦德又拖着他来了一个大转弯，然后便用力把他甩向了刚进门的弗拉索。弗拉索还来不及反应，就已经和麦尔尼格尔重重地撞在了一起，整个房子都随之撼动起来了。弗拉索受到这意外的强烈冲击，来了一个后仰便向门外跌去。

麦尔尼格尔反应还算迅速，他立即从地上反弹起来，举起了手枪，扑向邦德。邦德的左手一把抓住了他的肩，腾出来的右手则狠狠地打向他握枪的手。麦尔尼格尔没有站稳，脚一滑，跌倒在地，正好撞在了门柱上，手枪也掉在了地板上。

弗拉索此时从地上爬了起来，将手枪伸进了弹簧门的夹缝中。那根枪管在灯光的照耀下呈现出蓝黄相间的颜色。他追寻着目标，不断地瞄准，那枪管就像是一条不停地寻觅着猎物的蛇头。这时邦德来了兴致，他斗志昂扬，浑身热血沸腾。一个俯冲，他抄起了麦尔尼格尔掉在地上的手枪，"啪、啪、啪"，朝着大门打出了一连串的子弹。这时他看见弗拉索的枪管在两扇门之间夹着，枪口对着天花板射出了成串的子弹。弗拉索重重地倒在了门外，不再动弹。

麦尔尼格尔攥紧拳头，照着邦德的脸打来。邦德此时的一只脚还在地上跪着，他来不及站起来，只能尽量把头部藏低，以免打着眼睛。麦尔尼格尔一拳把邦德的手枪打落在了地上。

两人就这样徒手格斗了一两分钟，你来我往，互相都不服气，就像是两只正在恶斗的猛兽。邦德仍是单腿跪地。突然，他觉得有个人影子从眼前一闪而过。他集中所有的力量用肩向上一扛，对方便被高高地顶起，然后又摔了下来。邦德连忙趁势躲开、蹲起。麦尔尼格尔躺在地上，却将膝盖伸向了邦德的下颔，并用力向上一顶。邦德于是两脚朝天的向后倒去，牙床和头骨都受到了猛烈的撞击和震荡。

此时只听麦尔尼格尔大叫一声，又用头撞向了邦德。他的双臂合起，拳头握紧，朝邦德的身上砸过来。

邦德连忙将上身扭转了过去，于是麦尔尼格尔的头狠狠地撞在了邦德的肋骨上，如铁锤一般的拳头则压在了邦德的胸腔上。

邦德发出了一声痛苦的呻吟，眼睛则盯着麦尔尼格尔那抵着肋骨的脑袋。他使劲儿一扭身，肩部便退到了手臂的后面，然后抢起一记左勾拳。麦尔尼格尔稍稍抬了一下头，他的右拳又实实在在地打在了对方的下巴上。

这两拳打得可真不轻，麦尔尼格尔摇摇晃晃，转了两圈，然后便四仰八叉地倒在了地上。邦德轻身一纵，站起身来，如猛虎一般扑向了麦尔尼格尔。他骑在他身上，左右开弓，拳头如雨点般落在了麦尔尼格尔的头部，直到把他打昏过去。邦德一只手抓住他的手腕，另一只手抓住他的一只脚踝，把他使劲儿往外拽，然后用尽全身力气，将他的整个身子向屋子中央抛去。

麦尔尼格尔的身体直冲电唱机飞去，只听见一阵沉闷的撞击声，电唱机和音箱都被撞坏了，发出一阵雷鸣般的震颤声。

邦德大口大口地喘着粗气，两腿一个劲儿地打弯儿。他感到精疲力尽。站着喘息了一会儿，他才将伤痕累累的右手慢慢提起，并理了一下被汗水浸透了的湿漉漉的乱发。

"好样的，詹姆斯。"

这时，一个女人的声音突然从酒吧方向传来。

邦德把头慢慢地转过来，发现屋里不知什么时候进来了四个人。他们靠着桃花心木镶黄铜边的柜子站成了一排。后面是货架，上面堆着许多亮晶晶的酒瓶，一直堆到了天花板。

站在中间的那个人向前迈了一步。他就是塞拉菲姆·斯潘，斯佩克特维尔城的头目。他趾高气扬地站在那里，一动不动。

塞拉菲姆一身西部牛仔的打扮，身上穿着镶有银线花纹的牛仔装，脚蹬镶着银色马刺的马靴，擦得锃亮发光，腿上还绑着一副带有同样的银线花纹的宽边护腿褡裢。一双大手在两支长管左轮的象牙枪把上握着。手枪则插在了挂在大腿上的枪套中。他的腰间系着一条黑色的宽腰带，上面的子弹排得密密麻麻。

他这身打扮着实可笑，可他自己却是一副一本正经的模样。一颗硕大的脑袋微微向前探着，眼睛眯成了两条缝儿，从里面射出冷冷的光。

邦德发现这四个人当中还有凯丝，估计刚才说话的就是她。她穿了一套上白下黄的牛仔装，双手叉着腰，那样子看上去就像西部影片《粉脂金枪》里的女主角。她注视着邦德，眼睛里闪耀着光芒，两片娇艳欲滴的嘴唇微微张开，气喘吁吁，仿佛刚刚被人吻过一样。

另外两个人正是那天闯进萨拉托加温泉浴室整治贝尔的那两个坏蛋。他们仍然戴着面罩，每人手里都握着一把 0.38 口径的左轮手枪，枪口正对着邦德那还在上下起伏的胸部。

邦德感到神思有些恍惚，于是他掏出手帕，擦了擦脸上的汗水。在这间灯火辉煌的高级酒吧里，到处都是擦得锃亮的黄铜器物，还有各种各样的啤酒和威士忌广告，所有这一切都让邦德感到头晕目眩。

"把他带走，"斯潘先生突然发话，打破了沉默，"给底特律打个电话，告诉他们，因为马虎大意吃了亏。让他们多派几个人手过来，派些能干的。找几个人把这里收拾一下。听清了吗？"

斯潘先生说完，便转身离开了酒吧。凯丝冷冷地看了邦德一眼，仿佛在对他说，让你不听我的劝告，这可不能怨我，然后她也跟着离开了酒吧。

那两个戴着面罩的打手走在邦德的后面，此时其中的那个高个走到他面前说："你听见了吗？"邦德没有回答，只是默默地走在凯丝姑娘的后面，那两个打手尾随其后。

酒吧的旁边还有一个门。邦德推开门走了进去，发现里面原来是小火车站的候车室。那里面摆了几张长木凳，墙上还贴着火车时刻表和禁止吐痰的标语。"向右拐！"一名打手喝斥道。邦德往右一拐，来到了一扇弹簧门前。他推开门，看到了外面用木板搭成的站台。他突然停下了，吃惊地看着前面，甚至连抵在他腰间的枪口都忘记了。

他看到了世界上最漂亮的一列老式火车，起码他自己是这么认为的。火车头是十九世纪七十年代生产的"高原之光"牌机车。月台上的煤气灯亮如白昼，发出一阵阵的咝咝声，火车头上的黄铜管、汽笛的钟形顶盖以及锅炉上方的车铃都闪着耀眼的亮光。这辆老式蒸汽车头是以柴火为燃料的，一股浓烟从它那高大的球饰状烟囱里喷出。车头上有三盏黄铜皮风灯，一盏位于大烟囱的下方，剩下两盏分别位于车头左右两边。在车头两侧的主动车轮上方用花体字写着"炮弹号"几个大字。

车头后面的火车车厢是褐红色的。车厢的车窗是拱门状，透过车窗，可以看见车厢里的奶黄色桃花心木衬板。车厢的中部挂着一块椭圆形的牌子，上面用花体字写着"美女号"。

"英国佬，没见过这么漂亮的火车吧？"一个打手不无炫耀地问道，"现在，给我进去！"因为嘴巴上蒙着黑绸面巾，所以他讲话听起来有些瓮声瓮气。

邦德慢慢地走过月台，登上车厢尾部的瞭望台，它是由黄铜管栏杆围着。没想到自己生平是以这样的方式第一次享受百万富翁的生活。他第一次意识到塞拉菲姆·斯潘这个人比他估计的要厉害得多。

火车车厢内部装饰完全是维多利亚时代的，富丽堂皇。一盏水晶灯吊在车顶，四周是一些壁灯；从桃花心木板墙上反射回来的灯光，落在的银质器具和雕花的花瓶上，映衬得它们更加闪闪发亮；窗帘和地毯都是紫红色的；与奶黄色的天花板和百叶窗形成对比；天花板上还绘制着一幅幅精美的壁画，壁画的周围装饰着由在蓝天白云中飞翔着的小天使组成的花环。

火车车厢中有一间专门的会客室和一间餐室。餐室的餐桌上还放着两套已经用过的酒菜盘子和餐具。桌子中间放着满满一篮水果。银质冰酒器里还有一大瓶已经打开的香槟。餐室后面是一条过道，非常狭窄。过道上有三个门，邦德猜想，有可能是两间卧室和一间盥洗室。他一边在车厢里四处打量着，一边被打手押着，走进了会客室。

斯潘先生在会客室的一个小壁炉前站着。他的两旁都是书架，架上陈列着精装的皮面书籍。在会客室中间小书桌旁的一张红色扶手椅上，凯丝小姐直直地坐着。她嘴里叼着一根香烟，大口地吸着，看起来既呆板又紧张，她是想用这种方法来掩饰内心的空虚与慌乱。

邦德向前走了几步，径直坐在了一张舒服的座椅上。他稍稍地转了一下椅背，与他们二人面对面。他跷起二郎腿，从衣袋里不慌不忙地掏出香烟和打火机，点上一支烟，深深地吸了一口，然后把烟从嘴里慢慢地吐出来，发出一声长长的嘘声。

斯潘先生嘴里衔着一根雪茄烟，不过已经快熄灭了。他取出雪茄说道："温特留下，吉德退下，我刚才吩咐的事要马上去做。"这命令听起来就像是用牙齿咬断了一截芹菜，然后吐在了地上。他又转过身来，用恶狠狠的目光盯着邦德，慢吞吞地问道："告诉我，你到底是谁，究竟要干什么？"

"如果我们准备继续谈下去的话，是否能给我一杯酒润润嗓子？"邦德并没有接他的话。

斯潘先生瞪他一眼，那眼神冷冷的，然后说："温特，给他倒点酒。"

邦德转过头去，也用和斯潘先生一样的口气对温特说："威士忌兑泉水，一样一半。"

打手生气地"哼"了一声，皮鞋重重的踩在地板上，向餐室走去，地板发出吱吱的响声。

邦德不愿意像犯人受审一样回答斯潘老板刚才的提问。他在脑子里又重温了一遍在汽车上编好的故事，觉得似乎还可以说得过去。他坐在椅上，边抽烟边用火辣的目光上下打量着斯潘先生。

温特把酒端来了，朝邦德手里狠狠一塞，由于用力过猛，有一小部分酒洒在了地毯上。"谢谢你，温特。"邦德举起酒杯喝了一大口，味道真不错，于是他又喝了一口，然后把酒杯放在了地上。

他抬起头来，眼睛直视着那张严肃里透着几分紧张的脸，很轻松地说："我这个人一向不喜欢受人摆布。交给我的差事我办了，该领的报酬我也领了，剩下的就是我自己的事了。我想用酬金赌赌钱，这碍别人什么事了。我是碰巧赢了钱，我也有可能输得一干二净呀。你连说都不说一声，就派来一帮弟兄对我前后夹击，这太不够意思。要是你真想找我，打个电话就可以了，何必费这么大劲，派人在我汽车后面盯梢呢，这样太不友好了。谁让他们不问青红皂白就向我开枪，所以我也只好不客气了。"

邦德看见此时塞拉菲姆那张苍白而冰冷的脸，在旁边那些精制皮面书籍的衬托下，犹如石刻的雕像一般。"恐怕你的消息有点儿滞后吧，"斯潘先生低声道，"想知道点最新情报吗？还是让我来告诉你吧。我们昨天收到了伦敦打来的一封电报。"他边说边把手伸进衬衣口袋里，慢慢地掏出一张纸来，眼睛却直勾勾地盯着邦德。

邦德感到事情有些不妙。这份电报肯定不会是什么好消息。他现在的感觉就和他在平时一打开电报就看到"深表遗憾"几个字时的感觉一样。估计是凶多吉少。

"这是我伦敦的朋友发来的。"斯潘先生的眼睛从邦德身上慢慢的移开，然后低下头看着电报说，"听清楚了，上面写着：已查清彼得·弗兰克斯已被警方以某种罪名扣押。请检查生意是否受到损害。要不惜一切代价捕获冒名顶替者并除掉。回电。"

车厢里异常安静。斯潘先生的目光从电报又转向邦德，他目光炯炯地瞪着邦德，说道："唔，先生，现在知道我为什么要把你请上山来了吧。我想，你现在不会感到冤枉了吧？"

邦德咽了一口唾沫，一时有些不知所措。就在这一瞬间，他恍然大悟。这次来美国的目的就是要了解钻石走私集团的内幕。现在他们等于不打自招了。这个走私集团的头子就是斯潘两兄弟，走私线的两端分别由他俩控制着。他现在已经把走私路线的来龙去脉摸清楚了。剩下唯一要做的事情就是要想法子向 M 局长报告这一信息。他端起酒杯，猛喝了一口，把剩下的酒一口喝完了。他把杯子重新放回地板。剩下的冰块在杯底嘎嘎作响。

他瞅了一眼斯潘，说道："是我自告奋勇代替彼得·弗兰克斯来美国的。他不愿意冒这个险，正好那时我手头正紧。"

"别说这些废话，"斯潘先生说，"你就算不是警察，也一定是个私家侦探。不久我就会弄清楚的。你是什么人，你在替谁办事，你在泥浆浴室里和那个狗杂种骑师搞了什么鬼，你身上为什么要带枪，在哪儿学会的打枪，你是怎样和那个伪装成出租车司机的平克顿侦探搅在一起的，所有这些我都会调查清楚的。从你的样子和你的行为看，你就是一个十足的侦探。"说完，他又转过身去，对着凯丝怒气冲冲地嚷道："你这个傻婆娘，怎么会中了他的计？真是想不通。"

"去你的。"凯丝愤怒地把他顶了回去，"是 ABC 派他来的，而且他活儿干得也不赖。难道你认为当时我应该让 ABC 再来考验他一下吗？那可不是我的活儿。老兄，我可不吃你这一套。何况这家伙说不定讲的是真话呢。"她说完以后瞟了一眼邦德。邦德不禁打了个寒战。

"那么，我们走着瞧吧，不久一切都会清楚的。"斯潘先生心平气和地说，"等这家伙跪下向我们苦苦哀求时，一切就都清楚了。我倒要看看他到底有多大本事。"斯潘又冲邦德身后的温特说，"温特，叫吉德过来，让他把大皮靴也带来。"

"大皮靴？"邦德心里诧异地想。

邦德静静地坐在那儿，积蓄着体力与勇气。在斯潘先生面前为自己辩解，纯粹是白费力气。逃跑吗？可周围五十英里之内都是沙漠地带，他现在这个样子根本跑不出去。比这更糟糕的处境，他以前也经历过。只要他们暂时不除掉他，只要他死死咬住、不吐露任何实情，他就有可能获得厄恩·柯诺和莱特的援助。说不定凯丝小姐也会助他一臂之力的。他扭过脸看了看她。她此时正低着头，仔细地看着自己的手指甲。

两名打手站在了邦德的身后。

"把他拖到月台上去。"斯潘先生大声命令道。邦德注意到他讲话时，舌头会从嘴角边伸出来，然后轻轻地舔了几下他那两片薄嘴唇，说："照布鲁克林的老规矩，给他整个八成。明白了吗？"

"明白了，老板。"温特号叫着，声音犹如贪婪的饿狼。

那两个戴着黑面罩的打手走到邦德对面的双人沙发旁，并排坐下。然后他们把大皮靴放在地毯上，开始解鞋带。

第二十章

黑 夜 火 焰

邦德朦胧中感觉到，自己似乎全身都被黑色的蛙人装紧紧包裹着，勒得浑身上下无一处不痛。真是太不像话了，海军部在定做蛙人装以前，为什么不量量他的尺寸呢？海底暗流汹涌，四周漆黑一片，他行走起来非常困难，随时都有撞到珊瑚礁的危险。要想躲开那些该死的珊瑚礁，他只能不停地划水。可是，突然间好像有什么东西抓住了他的臂膀。到底是什么呀？怎么摆脱不了呢？

"詹姆斯，詹姆斯，醒一醒！"凯丝狠狠心，用力捏紧并使劲儿摇动着邦德那只血渍斑斑的臂膀。邦德终于慢慢地睁开了眼睛。原来他是睡在了月台上。他朝凯丝看了一眼，发出一声颤抖的叹息。

她对他使劲儿地又拉又拽，生怕他再晕过去。他似乎明白了她的心思，翻了个身，用手掌和膝部努力地撑住身体。他的头耷拉着，就像一只受伤的野兽。

"可以起来走吗？"

"等一下，"邦德从那满是血液凝块的嘴里吐出这一含混的声音，连他自己听着都觉得陌生，就更别提凯丝了，或许她根本就没听清楚。于是他又重复了一句，"等一下。"他想尽量弄清楚，在刑后他的伤势究竟严重到了什么地步。手和脚似乎还有知觉，脖子也能自由转动。他看得见月光投射在月台上的影子，也能听得见凯丝的说话声。他似乎没有什么致命伤，只是不想动而已。他的意志力似乎已经丧失了，现在只想好好地睡一觉。只有这样，他肉体上遭受的痛苦才能够减轻一点。他想起刚才的情景：四只大皮靴同时在他身上不停地踩踏着、碾磨着，他似乎又听见了那两名戴着黑面罩的打手在蹂躏他时发出的得意的号叫声。

一想起狠毒的斯潘先生和那两个打手，邦德的心头涌上了一股求生的欲望。他使尽全身力气说："没事。"好让她宽宽心。凯丝轻声说："现在我们是在火车站的候车室里。我们必须向左转，出门，走到月台的尽头。詹姆斯，听明白了吗？"她伸手擦了擦他额头上的汗，并把湿透了的头发向两旁拨了拨。

"我只能跟在你身后慢慢地爬。"邦德告诉她。

凯丝站起身来，推开了房门。邦德咬紧牙关，忍着剧痛爬到了月光满照的站台上。当他看见月台上的那一摊血时，心中的怒火一下子升腾起来。他颤巍巍地站了起来，摇晃了几下晕沉沉的头。凯丝搀着他，一瘸一拐地沿着月台慢慢朝坡下的铁道起点走去。

一辆机动压道车停在了铁道边。邦德站住看着压道车，问："有汽油吗？"

凯丝往站台墙根指了指，那里放着一排汽油桶。"我灌它一桶，"她轻声答道，"这压道车是他们用来检查路线的，我会开。你赶快上车，我去扳叉道制动柄。"她显得很兴奋，几乎笑出了声，"下一站是赖奥利特城。"

"上帝，你的本事可真不小。"邦德向她轻声耳语，"引擎发动时噪声会很大。等一下，我们得想个办法。你带火柴了吗？"邦德此时身上的伤痛似乎已经好了一大半。不过当他侧过脸，看见一排木板房时，呼吸突然变得急促起来。

凯丝穿着一件定做的衬衫和一条西裤。她在裤袋里摸了一下，摸出一只打火机递给邦德。"你有什么主意？"她问，"我们必须马上离开，一分钟都不能耽搁。"

邦德跌跌撞撞地走到墙根边，把五六只汽油桶盖都拧开了，他提着油桶向旁边的木板墙和木板月台走去，狠命的往上面泼着汽油。倒完后，他走到凯丝面前说："快发动引擎！"他很费力地弯下腰去，在铁轨附近捡到了一张旧报纸。这时，压道车的引擎发动了，发出一阵很响的突突声。

邦德打着打火机，点着那张旧报纸，猛力地扔向汽油桶。只听"轰"的一声，火焰一下子就蹿了起来，差一点儿连他自己也被烧着了。他赶紧向后退了几步，跨上了压道车。凯丝使劲儿一踩离合器的踏板，压道车便开始沿着铁道往下开去。

压道车下发出"咔嚓"的一声响，车身随之扭动了一下，原来是个铁路岔道，车子过了这个岔道，便安然地朝赖奥利特城驶去。车速一直保持在每小时三十英里左右。邦德的眼前，凯丝披散的金发在飞舞，仿佛一面迎风飘扬的金色旗帜。

邦德回头张望，看见站台已淹没在熊熊大火之中。他此刻仿佛听见了干木板在火中发出的噼啪作响声以及人们从睡梦中惊醒时发出的惊叫声。他恨不得这把火能把温特和吉德那两个狗杂种一块儿烧死，还要烧着"炮弹号"列车，然后再点着堆积在车后面拖车里的柴火，让斯潘老板和他的那些老古董一起完蛋。

不过，邦德和凯丝此刻也不是万事大吉了。现在几点了？邦德深深吸了几口夜晚清凉的空气，想让自己尽快真正的清醒过来。月亮低低地挂在天上。大概是下半夜四点吧，邦德忍痛向前跨了几步，坐在了凯丝的身旁。

他伸出一只手，搭在凯丝的肩上。她转过脸来看了他一眼。"这样逃走的经历可真带劲，感觉像是在演武侠电影。"她扯开嗓门儿嚷道。引擎的突突声和铁轨上传来的咯嗒声使她不得不提高音调。"你感觉好点了吗？"她看着他那伤痕累累的脸说，"你的样子可真吓人。"

"没那么恐怖吧，至少骨头还没碎。我猜这就是所谓的八成吧？"邦德苦笑了一下，"挨点踢踩总比挨枪子好。"

凯丝仍心有余悸。她回忆说："看着你在那儿受罪，我在车厢里也只能装作无动于衷。斯潘一直待在车上，边听着他们折磨你边监视着我。后来他们打累了，就用绳子把你绑上锁在了候车室，兴高采烈地回去了。我在房间里捺着性子等了一个钟头，才开始忙起来。最困难的就是怎么让你醒过来。"

邦德搂着她的肩膀说："我对你的一片心，你以后会了解的。可是，凯丝，你怎么办呢？万一我们俩再被他们捉住，你就会陷入困境了。我问你，蒙着黑面罩的那两个家伙，就是温特和吉德吧？他们两个是什么人？他们到底想干什么？我很想和他们两个再较量较量。"

凯丝实在不忍心再看邦德那肿胀的嘴唇。她扭过头去说："他们的真面目，我也从未见过。他们总是在脸上罩着面罩。我只知道他们是从底特律来的，专干这种肮脏龌龊、令人发指的差事。他们现在肯定正忙着找我们两个人呢。不过，你不必为我担心。"她抬起头凝视着他，脸上露出了笑容，"现在我们只能乘这辆破车了，先去赖奥利特城，设法在那儿搞一辆汽车，然后去加利福尼亚。我身上带了不少钱，我得给你找个医生。你要多找时间休息休息，再买两套衣服，洗个澡。对了，你的枪我也带来了。你和那两个家伙在沙龙打架时，把那里全砸烂了。一个伙计在清理现场时，捡到了这把枪。我趁斯潘睡觉时，偷了这把枪和候车室的钥匙。"说着，她解开衬衣纽扣，向裤腰里摸了摸。

邦德接过了手枪，感觉枪柄上还残留着姑娘的体温。他卸下弹夹，发现里面只有三粒子弹了。还有一粒已经上了膛。他将弹夹重新装好，上上保险，然后把枪别在了裤腰带里。直到这时，他才发现，自己的外衣已经不见了踪影，衬衣的一只袖子也被撕成了破布，迎风飘动。他一把撕掉了破袖管，随手将其丢在了车外。他朝裤子口袋摸了摸，香烟盒已经空了，但护照和皮夹却还好好地在左边口袋里放着。他把它们掏出来，借着月色，看见护照和皮夹里的钞票居然原封不动地保存着，虽然已经破了。

夜静极了，四周只有车子行驶时引擎发出的咔咔声以及车轮与铁轨摩擦时发出的响声。邦德往前方望了望，银色的铁轨一直蜿蜒着伸向远方。远处似乎有一条岔道在那儿交汇，路边竖着一个小小的扳道杠杆。往右走的岔路通向黑黢黢的斯佩克特维尔山区。左边则是一望无际的大沙漠。远远望去，依稀可见仙人掌丛，发出蓝幽幽的光。两英里外，是九十五号公路，月色将其照成了铁灰色。

现在是下坡道，压道车可以顺着地势非常轻快地滑动。这种车的控制机件很简单，只有两个操纵杆，一个是刹车操纵杆，一个是手握式驾驶操纵杆。凯丝操纵着驾驶操纵杆，以每小时四十英里的速度驶向前方。邦德强忍着剧痛，回头看着那直冲云霄的火光。

车子就这样走了将近一个钟头。突然，铁轨上隐约传来一阵非常低沉的嗡嗡声。听到这声音，邦德一下子警惕起来。他有些不放心，又扭过头去察看，发现在他们的车子和正在燃烧的站台之间，有一个什么东西似乎在朝他们逼近。

这强烈的刺激使邦德的头皮有些疼。他对凯丝说："你看看，是不是后面有人追上来了？"

她回头向后看了看，并没有回答，继续开着压道车向前滑行。

他们又仔细地听了听那嗡嗡声。确实是从铁轨传来的。

"是'炮弹号'追我们来了。"凯丝用低沉的声音说。说完，她加大速度，扳开电门，引擎开始发出很大的嗡嗡声，压道车快速向前驶去。

"'炮弹号'最快能开到多少？"邦德问。

"五十英里左右。"

"还有多远能到赖奥利特城？"

"差不多三十英里。"

邦德在心里盘算了一下，然后说："成败在此一举了，火车离这儿还有多远我们也看不清。压道车的速度能不能再快些？"

"不能了，"她说，"打死也快不了了。"

"会有办法的，"邦德安慰着凯丝，"你只管把车开快，一直往前跑就是了。没准儿他们火车头上的烟囱会被烧坏的。"

"是有可能，说不定还会颠断'炮弹号'的钢板，而修理工具却落在了家里呢。"

压道车继续向前开着，他们俩没有再说话。十五分钟后，邦德已经可以清楚地看见后面火车头的大灯，它的灯光划破夜空，把方圆五英里左右的地方都照亮了。一串串的火星从火车头顶部的球形大烟囱中不断地冒出来。

"要是火车头的劈柴这时用完了该多好啊！"邦德这样想着，全当自我安慰。他十分小心地问凯丝小姐："我们的汽油够用吗？"

"我想应该没什么问题，"凯丝说，"我加了整整一桶油。这车才跑了一个多小时，怎么也用不完一加仑油的。不过，这车没有油量表，不清楚现在还剩下多少。"

她的话音还未落，上天似乎有意要捉弄他们似的，引擎突然发出了"咔咔"两声响，然后又恢复了正常。

"浑蛋，"凯丝问了一句，"你听到了吗？"

邦德没有回答，他的手掌心一个劲儿地冒冷汗。

接着，又听到了一阵"啪、啪、啪"的声音。

凯丝把加速器使劲儿的拉下来，嘴里还念叨着："啊，亲爱的小引擎，我的小宝贝儿，请你乖一点吧。"感觉就像在哄孩子。

引擎似乎听懂了她的话一般，"啪啪"的响了几下，便不作声了。它用力地带着他们继续向前滑去，二十五英里……二十英里……十英里……五英里。凯丝用劲全身的力气扭着加速器，并用力地踢了一脚机壳，但压道车还是逐渐地慢了下来，终于一声不响地停在了轨道上。

邦德也忍不住骂了一声。虽然浑身疼痛，但他还是不得不离开座位，一瘸一拐地走到车尾的油箱处，从裤袋里掏出一块满是血迹的手帕。他拧开油箱盖，将手帕拧成一条绳，轻轻送进了油箱，一直送到了底部，然后再将手帕抽出来摸了摸，又闻了闻，手帕上面一丁点儿油星都没有。

"完了，"邦德心里沮丧极了，"现在我们只能再想想别的办法了。"他环顾了一下四周。左边是一片沙漠，平坦开阔，毫无隐蔽之处，并且离公路至少还有两英里。右边是群山，离这儿还不到一英里远，倒是个藏身之处，就是不知道能藏多久。但眼下似乎也只有这一条路可走了，听天由命吧。此时邦德感到脚下的铁轨路基开始颤抖起来。他回过头去看了一眼离自己越来越近的灯光。离这儿还有多远呢？大概有两英里吧。斯潘会发现这辆压道车吗？他能不能及时刹车呢？压道车有没有可能让火车出轨？对了，那辆火车头前面有一个巨大的排障器，轻而易举地就能够把压道车掀到一边去，比叉去一堆干草困难不了不多少。

"凯丝，快来，"邦德大声嚷道，"我们得快点儿往山上逃。"

她去哪儿了？邦德一瘸一拐地围着压道车找了一圈，也没见到凯丝的影子。原来她去前面勘察了一下路轨情况。这时，她气喘吁吁地跑了回来，"前面有一条铁路岔道，"她上气不接下气地说，"我们得想办法把压道车推过岔道，然后再把道闸扳过去，这样他们的火车就会往另一条路开，我们就不会被发现了。"

"天哪，"邦德现在的反应似乎有些迟钝，虽然他心里还在怀疑这法子是否行得通，但嘴上仍说，"这办法倒不错。来，帮我一把。"说着，他弯下身子，用力地推着压道车，全身疼痛难忍。

只要压道车在轨道上滚动起来，推着就不费劲了，他们只要跟在车后面，不时地推两下就行。车子通过了岔道的交叉点，此时邦德又用劲推了一把，它便继续向前走了大约二十码。

"快过来，"邦德边叫凯丝边一瘸一拐地走到立在铁轨旁的扳道杠杆处，"我们一起来扳杠杆，让'炮弹号'跑到那条道上去。"

他们站在杠杆旁边，一起费力地扳着杠杆。邦德的肌肉由于用力而隆起，一阵剧烈的疼痛向他袭来。

那根杠杆估计在这块荒野中站了至少有五十个年头了，全身都已经生锈。邦德费劲地掀动着那已经锈住的杆柄，铁轨交汇处的尖形道轨便一点点地脱离了原来的轨道。

费了九牛二虎之力，道轨终于被扳了过去。由于太过用力，邦德感到头晕眼花。

此时，扫过来一道强光。凯丝急忙拉了他一把。他赶紧爬了起来，磕磕绊绊地跑回压道车旁。就在这时，只听一阵雷鸣般的吼声，那列冒着火星的钢铁巨兽向他们疾驰而来。

"快趴下，别动！"邦德大声喊道，然后用力一推，凯丝就被推到了压道车背后。他自己则迅速地跑到了铁轨的路基旁，叉开双腿，掏出手枪，手臂平伸，仿佛一个参加决斗的人，眼睛则死死地盯着车头上的那个大灯。

"上帝，这怪物可真大呀！它是会拐弯还是会直冲过来呢？要是直冲过来非得把我们碾成烂泥不可！"邦德心里这样想。

列车冲了过来。

"啪！"什么东西打在了旁边的路基上，司机室的窗口旁也有一道小的火花闪烁着。

"啪！啪！啪！"连着飞来了一串火花，子弹打在钢轨上，又反弹向夜空。

"啪！啪！啪！"列车的震动声夹杂着子弹从风中穿过时的刺耳呼啸声一起传进了邦德的耳朵。

邦德仍然举着枪，但却没有还击。手枪里只有四发子弹。他要找准机会然后再开枪还击。

火车离他只有二十码了，此时车头轰隆隆地冲上了岔道。由于运动过于剧烈，火车上的劈柴不停地朝邦德的方向坠落。

　　当那高达六英尺的机车车轮碾上岔道的路轨时，发出了一阵刺耳的金属摩擦声，一股蒸汽和火苗从机车里冒了出来。邦德朝驾驶室里看了一眼，看见斯潘一手握着栏杆，一手紧握着驾驶杠的长柄，脸上现出一副得意的神色。

　　"啪！啪！啪！啪！"邦德对准这个魔鬼将四发子弹连续射出。刹那，那张苍白的脸便痉挛似的朝天扭去。一会儿，那辆庞大的机车从他身旁疾驰而过，朝黑黢黢的斯佩克特维尔山麓中驶去。车头的大灯照亮了黑暗的天空，自动警铃发出一阵哀鸣。

　　邦德把手枪塞进了裤袋里，在原地矗立着，目送火车远去。他的头顶飘过一缕黑烟，把月亮都遮住了。

　　凯丝跑了过来，站在他的身旁。他们注视着那还在不停地从高大的烟囱里往外冒的火舌，聆听着在山岭中不断回响的机车吃力前行的声音。蒸汽车头突然倒向一边，不久便消失在了大岩石的背后。凯丝紧张地牢牢抓住他的手臂。只听一阵隆隆声从山谷深处传来，闪出一片红光，是"炮弹号"在向山崖深处坠落。

　　突然烈焰燃起。几秒钟后，传来钢铁碰撞的声音，如同一艘战舰在海浪的乱石中触礁搁浅一样，接着是一阵震天动地的巨响，脚下的地壳仿佛都跟着震颤了起来。然后便是各种各样的声响混杂在一起的回声。

　　只一会儿工夫，各种声音就全都消失了，大地重新恢复了平静。

　　邦德仿佛刚睡醒一样地深深叹了一口气。那位平日里不可一世的黑帮老大就这样完蛋了。钻石走私路线的终点也因此戏剧性地画上了句号。双簧剧已经缺了一个人，只剩下伦敦那位唱独角戏了。

　　"我们赶紧离开这儿吧！"凯丝气喘吁吁地说，"我受不了啦。"

精神一旦放松下来，疼痛就又开始向邦德袭来，他说："好吧，我们走吧。"他只要一想起那个已经和他心爱的机车一起完蛋的大白脸，就有说不出的高兴。他感觉如释重负，但他不确信自己是否能够走完这一段路，"我们得走到公路上去，这一段路可不好走。"

他们花了整整一个半钟头才走完了这两英里的路程。当他们走到公路的水泥路面上时，邦德感觉全身像散了架似的。如果没有凯丝同行，他根本不可能走到公路上来。要是只有他一个人，走在那满是仙人掌和岩石的地面上，他肯定会打转儿跌倒，消耗掉所有的体力，最后在烈日的烘烤下一命呜呼。

凯丝把脸靠在他的肩膀上，与他窃窃私语。她解开衬衣的纽扣，撩起衣角把他脸上的汗水拭去。

她不时地抬头望向公路的两边。虽然才是清晨，但阳光却已经开始在沙漠地区施展它的威力了。热浪的光芒已开始在天边闪烁。

一个钟头后，她匆匆地爬了起来，将衬衣底摆塞进裤子，往公路中间跑去。透过还未散去的雾霭，她依稀看见一辆黑色小车从遥远的拉斯维加斯谷地向她疾驶而来。

小车停在了她的面前，从车窗里伸出一个长着乱草般的黄发和鹰钩鼻的头来。他用他那双淡灰色的眼睛上下打量着凯丝，又看了看依然躺在路边的邦德，然后说："早上好，女士，我叫莱特，在这样美好的清晨，有什么可以效劳的？"

第二十一章

免 生 是 非

"……我进城之后，马上就给厄恩·柯诺打电话，谁想到他却住进了医院。因为他突然遭了祸，他太太正感到不知所措，于是我立即开车去了医院。在医院，厄恩给我讲了事情的全部经过。我想，詹姆斯也许这时正需要我，于是便马上开车连夜赶来了。当我到达斯佩克特维尔城时，看见那里火光冲天。我想，肯定是斯潘先生在玩点火的游戏。于是就想走进去看看到底是怎么回事，正好他们铁丝网的大门也开着。"

"说了你可能都不信，镇子里连一个人影都看不到，只看到一个瘸腿的家伙，满身伤痕，正顺着土路连滚带爬地逃跑。那家伙看上去有点儿面熟，好像是底特律城的弗拉索。从厄恩那儿我得知，是两名歹徒绑架了詹姆斯，其中的一个就是弗拉索。从那家伙那儿，我多少知道了点实情，根据他的话我判断，我应该立即去赖奥利特城。我用车把弗拉索拉到了大门口，然后告诉他，救火队马上就到。我顺着公路往前开，没想到走到半路被这位姑娘给拦住了。感觉她就像是从天上掉下来的。就这样，我们又碰到一起了。"

莱特说这番话时，邦德一直是闭着眼睛听着，心想，看来我不是在白日做梦，而是实实在在地靠在莱特的跑车后座上。凯丝的手臂垫在他的头下，莱特在前面开车。当务之急是先找个医生，洗个澡，吃点东西，再找个地方好好睡上一觉。邦德把头稍微挪动了一下，他觉出凯丝在用手指抚弄他的头发。那么，这的确是真的了。他一直默不作声，闭目养神，听着他们的谈话以及汽车在路面上行驶时发出的声音。

凯丝讲了一遍刚才的经过，莱特听完后不禁吹了一声口哨。"天啊，"他说，"毫无疑问，你们捅了斯潘帮这个大马蜂窝。天知道将来会发生什么。蜂巢中的马蜂，绝不会只在窝边嗡嗡叫两声就善罢甘休的，它们肯定会立即采取行动进行报复的。"

"是啊，"凯丝说，"斯潘老板是拉斯维加斯黑帮头目之一。这帮家伙关系非常铁，是名副其实的难兄难弟，何况还有沙迪以及温特和吉德那两个下作的打手。我们最好还是赶快去加州。不过接下来我们又该怎么办呢？"

"到目前为止，我们的速度还不算慢，"莱特盘算着，"十分钟后，我们就能到达比蒂镇，然后再沿着五十八号国道走，用不了半小时就可以进入加州地区了。我们再穿过死谷，翻过群山，就到达了奥兰查。在那里，我们可以稍微歇一歇，帮詹姆斯找个外科医生，吃顿饭，再洗个澡，休息休息。然后我们就沿着六号国道走，直奔洛杉矶市。那段路可是不近，不过估计最迟中午，我们就能到达洛杉矶。到了那里，你们两个就可以痛痛快快地休息一下了。我觉得，你们最好还是尽快离开美国。那帮家伙可能会想尽一切办法来捉拿你们的。一旦被他们发现了行踪，想逃脱可没那么不容易。我想，你们两个最好是连夜乘飞机到纽约，明天就去伦敦。等到了英国，詹姆斯会有办法帮你安排好的。"

"我看这个安排可以，"姑娘表示赞同，"不过，这位邦德先生到底是什么人？我至今都没搞清楚他的来历，他是不是侦探？"

　　"亲爱的，关于这个问题，你最好还是问他自己吧。"邦德听见莱特非常严肃地说，"不过有一点你大可放心，他会好好照顾你的。"

　　邦德心里暗自发笑，之后谁也没有再说话。他昏昏沉沉地睡了过去，直到汽车进入加州，他才醒了过来。汽车在一个叫作"赛普莱医师"的诊所门口停了下来。

　　外科医生为他洗涤了伤口，涂抹了一些药水，然后又擦上了防炎膏和橡皮膏。他们洗过澡，又吃了点东西，便钻进汽车继续赶路了。凯丝小姐此时仿佛又恢复了她的老作风，话中带刺、爱理不理的。莱特车开得很快，达到了每小时八十英里的速度，在蜿蜒如带的山路上疾驶着。邦德此时唯一的任务就是注意后面有没有交通警察。

　　没过多久，车子便开始轻快地沿着林荫大道向前行驶，放眼望去，在路的两旁，一边是绿油油的草地，另一边是高大的椰子树。莱特驾驶的司徒乃克车满身尘土，夹杂在闪闪发光的名牌车流中，显得非常俗气。到黄昏时，他们已经是焕然一新，换上了崭新的衣服，买了新的衣箱。他们把衣箱寄存在了饭店的门厅，自己则躲在了幽暗凉爽的贝佛利饭店酒吧里，悠然自得。尽管邦德的面孔伤痕累累，却丝毫没有引起人们的注意。估计是因为在加州什么装扮的人都有，演员也很多。或许人们把他当作了一位特技演员呢。

　　桌上放着一瓶马提尼酒，旁边有一部电话机。莱特一口气往纽约打了四个长途电话。

　　"好了，总算是办妥了，"他放下电话长出了一口气说，"我的朋友已经给你们订好了船票，是伊丽莎白王后号轮船。由于码头工人罢工，航期延误了，明晚八点才能开船。明天上午会有人去拉瓜迪亚机场接你们的，这样的话，你们下午随便哪个时间都可以登船。詹姆斯，还记得你留在阿斯特旅馆的东西吧？他们会一起带给你的，包括那只出过风头的高尔夫球杆袋。至于凯丝，华盛顿方面已经答应给她发一份护照。到时候来机场接你们的是一位国务院的官员。当然，还需要你们填几份表格。"

"这些都是中央情报局的一位老同事给安排的。另外，这件事已经登在了今天的晚报的头版头条，用的标题似乎是'废墟山村付之一炬'之类，但是他们好像并没有发现斯潘老板的尸首。邦德的大名也没有见诸报端。一位同事对我说，警方还没有关注到你。可是另一位侦探却向我透露说，斯潘那帮家伙正在到处找你，而且把你的容貌特征也都告诉了手下的弟兄们。宣称谁要找到你，就给谁一万美元的赏金，所以你还是尽快离开吧。你们两人最好分头登船，尽可能掩饰身份，上船后不要露面，要一直待在房舱里。那帮家伙是不会善罢甘休的。现在的比分是三比零，真是太丢人了。"

邦德不无钦佩地说道："你们平克顿社的效率还真是高啊。能够大难不死，我感到很高兴。我过去一直认为，美国的歹徒不过是一群西西里岛的小坯子，一天到晚除了喝喝啤酒、吃吃烤饼，也搞不出什么名堂来。最多也就是周末的时候成帮结队地闯进汽车行或者百货店抢一笔钱，然后去赌场赌一把。现在看来他们的人手还挺多的，而且心狠手辣，坏事做尽。"

凯丝冷笑一声说："你还是多多小心自己的脑袋吧。我们能够平安地登上船，就算是奇迹了。他们本事大着呢，千万不能轻敌。要不是钢钩队长伸出仗义之手，我们早就没命了。"

听到这话，莱特"扑哧"一声地笑了。他低头看了看表，招呼他们："快走吧，你们这对冤家，该启程了。你们去机场搭飞机，我今晚还得赶回拉斯维加斯呢，去找我那位默默无言躺下的老朋友'赧颜'

的埋骨之处。你们如果还有话要说，最好到两万英尺的高空去说吧。飞机会让人变得豁达、开朗，没准儿你们一下飞机就如胶似漆了！有两句成语怎么说来着？同病相怜、患难见真情嘛。"

莱特开车把他们送到了飞机场，下车后，他和凯丝用热烈拥抱来告别。望着他一瘸一拐往回走的背影，突然一阵悲伤涌上邦德的心头，他哽咽无言，心里就像打翻了五味瓶。凯丝赞叹道："你这位朋友可真好。""砰"的一声，莱特关上了车门，汽车走上了去沙漠都市的漫漫长路。

"是呀，患难见真情嘛，"邦德答道，"莱特就是这样的好哥们儿。"

莱特挥手向他们告别时，那只钢钩闪着光。广播里传出班机准备起飞的通告："前往芝加哥和纽约的旅客请注意，环球航空公司第九十三号班机现在开始检票。请到第五号入口登机。"于是他们随着人群挤进了玻璃门，开始了一段横跨美洲大陆和大西洋的旅程。

客机飞行在黑暗的美洲大陆上空。邦德很舒服地躺在卧铺上，期待自己早点儿进入梦乡，以便能够暂时忘记身上的疼痛。他想到了就睡在下铺的凯丝小姐，又想到了这次行动的整体进展。

邦德自己心里清楚，他是真心爱上了凯丝小姐。但是她心里也是这么想的吗？当年在旧金山，夜晚歹徒们破门而入的阴影是否仍然深深地刻在她的记忆里？现在她对男人的厌恶心理还是那么强烈吗？那一夜的罪恶难道真的会毁掉这个女子一生的幸福吗？

在他们共同度过的这二十四小时里，在瞬间的真情流露中，邦德似乎已经找到了问题的答案。他发觉，在她那硬朗的假面背后，这位热情的姑娘在不时地偷看自己。的确，走私犯、赌台管理员等许多假面具她都曾经戴过，这一切毋庸置疑。她就像是一朵经历了风吹雨打的花朵，现在正等待绽放。可是他真的做好准备了吗？如果向她求婚，就要一生相伴。结为夫妻之后，绝不可随便说散就散。他的职业和日常生活是否会因为婚姻而受到影响呢？

邦德在铺上翻来覆去，努力不去想这些问题。不能太着急了，这个时候来谈婚姻未免太早了。再等等，走一步看一步吧。一心不得二用。于是他非常坚决地把这个问题从大脑中剔除了。他应该多考虑一下M局长托付的这件还未完成的任务。

到目前为止，毒蛇的一头已经被他斩断了。但这究竟是它的脑袋还是它的尾巴呢？很难说。邦德认为，伦敦的杰克·斯潘和那位神秘莫测的ABC才是钻石走私集团的真正幕后指挥者。塞拉菲姆·斯潘不过是负责接收走私钻石，他的位置不是独一无二的，完全可以由别人来顶替。凯丝的逃走也没什么大影响。她自首的话，沙迪·特瑞可能会被牵连进来，但是他可以想办法暂时避避风头，等风暴过去后再露头。而杰克·斯潘以及他经营的"钻石之家"现在却还是毫发无损。必须尽快从凯丝那里获得ABC的电话号码，然后才好抓他。但很有可能沙迪·特瑞已经发觉邦德带着凯丝一起逃走了，估计他会马上将详情电告伦敦，通知他们改变联络方式。如果是这样的话，邦德认为，下一个目标就应该是杰克·斯潘，只有通过他来逮捕ABC，才能挖出在非洲的走私源。也就是说只有抓到了ABC，才能找到走私集团的起点。邦德决定，一上伊丽莎白号轮船，就立即起草给M局长的详细报告，希望情报局和伦敦警察厅能够共同协助破案。这样一来，警察厅瓦兰斯的手下可就有忙活的了。到那时，邦德就没什么事了，白天可能会一直忙着写报告，处理办公室里的例行文件，晚上可就完全属于自己了，他可以在他位于国王大道的公寓中和凯丝尽情地聊聊天。对了，他得马上给女佣梅小姐拍个电报，让她做好迎接他们的准备。要买些鲜花，再买些洗澡用具，还要晒晒床单……就这样想着想着，邦德睡着了。

飞机飞行了整整十个小时，终于来到了拉瓜迪亚机场上空，准备着陆。

现在是星期天早晨的八点钟，机场上人并不是很多。邦德和凯丝刚下飞机，就见一位官员从柏油道上迎了上来，领着他们从边门走进了候机室。候机室里还坐着两位年轻人，一位是平克顿社的侦探，另一位是国务院的官员。在等待行李送出来的空当，他们愉快地谈论着旅途的见闻。拿到行李后，他们又一道从侧门离开了候机大厅。一辆红色的轿车早已等候在外面，发动机在不停地响着，后座的窗帘也已经拉了下来。

他们把邦德和凯丝安排在了平克顿社人士的公寓里，他俩在此等了有好几个钟头，午后四点钟左右，邦德和凯丝终于先后通过有护栏的跳板登上了伊丽莎白号巨大的黑色船舱。他们被安排在了M层甲板，不过是两间房舱。一进房间，他们便立即锁上了房门。

但是，就在凯丝和邦德先后登上船舱时，一名码头卸货工却以飞快的速度溜进了海关办事处的公用电话亭。

三小时后，一辆黑色轿车停在了码头边，从车里下来两个人，看样子像是两个美国商人。他们非常匆忙地走进了移民局和海关办事处，在广播通知要求送行的人离开甲板之前，他们很及时地办好了登船的所有手续。

在这两个商人当中，其中一个是青年人，长得很帅，头上戴着顶帽子，防雨罩的帽檐下露出了一绺白发。他的手里提着一个手提箱，箱子的标签上写着：B.吉里奇。另一个商人则长得又高又胖，一双小眼睛露出紧张的神色，鼻子上还架着一副带有双焦距镜片的眼镜。他热得满头大汗，用大手帕不停地抹着脸上的汗珠。他的手里也提了一个手提箱，标签上写着：W.温特，并且下面还用红墨水注明：本人血型为B。

第二十二章
心 心 相 印

晚上八点整，伴随着伊丽莎白号轮船的汽笛发出的足以使纽约曼哈顿区的摩天大楼玻璃震颤的巨大吼声，这艘巨轮被拖船拖着慢慢地离开了码头，转了个方向，以每小时五海里的速度沿江而下。

在白玫瑰灯塔旁，轮船稍微停了一下，让领港员下船。然后伊丽莎白号就会载着乘客穿过海口，驶向海洋。在介于北纬四十五度与五十度之间的海域中，轮船沿着一条弧线破浪前进，驶向大西洋的彼岸，英国南部的南安浦敦港。

邦德在自己船房的桌前静静地坐着，聆听船在风浪中破浪的声音，不由想起了以前自己乘坐这艘轮船航行的经历。那是在战争年代，他乘坐的轮船要返回战火熊熊的欧洲，航行到南大西洋中时，与德国的潜水艇不期而遇了，于是就玩儿起了捉迷藏的游戏。尽管现在这次航行似乎多少也有点儿危险，但和那次航行比起来，可就好得多了。现在的轮船上面都安装着各种导航电子设备，轮船就如同东方君王一样，前后都有步卒和骑士保驾。对邦德来说，这次旅行遇到的最大麻烦也不过是消化不良和疲劳而已。

他拿起了电话，想打给凯丝小姐。当凯丝听出是他的声音时，发出了意想不到的叫喊："海员最怕出海了。现在我们才到哈德逊运河，我就开始晕船了。"

"我也是，"邦德对她说，"一个人躺在屋子里，没有一点儿胃口，只想吃点儿镇静剂，再喝点儿香槟酒。恐怕这两三天之内我都会这样的。我真想请个医生来给我看看，或者请个土耳其浴池的按摩师给我好好治疗一下。不过这几天最好还是别露面，这对我们有好处。在纽约他们能安排我们赶上这班船，已经很不容易了。"

"好吧，不过你得答应我，每天都要给我打电话，"凯丝撒娇地说，"只要我感觉稍微好一点儿，能吃进去一点儿鱼子酱时，你就得陪我去大餐厅吃饭。可以吗？我会乖乖听话的。"

邦德听她这么一说，哈哈大笑起来，说："如果和我讲条件的话，我也有交换条件。听好了，我要你好好回忆回忆关于伦敦的 ABC 的所有交易情况。他的电话号码以及其他有关细节都要告诉我。至于这件事的前因后果，以及我对它发生兴趣的原因，等我身体稍微好些的时候，就会尽快讲给你听的。在我们待在房间里的这段时间，我们要互相信赖才行。你看这条件如何？"

"好吧。"姑娘想也没想就一口答应了下来。看起来她是已经下定决心要浪子回头，与过去完全决裂了。他俩在电话里谈了足足有十分钟。除了还不知道 ABC 的详细消息外，在别的方面还真是大有进展。

邦德打完电话，按电铃叫来了乘务员，要了份晚餐，吃完后便开始着手草拟当晚就要发出的电报稿，并把它译成指定的代码。

夜色渐沉，轮船静静地行驶着。船上共有三千五百人，轮船就像一个临时城镇，人们在这镇上要共同度过五天的海上生活。和其他人口密集的地方一样，在这个城镇中也会有许多事情和案件发生，诸如盗窃、斗殴、诱奸、酗酒和欺诈，说不定还会有一两个婴儿出生，或者会有人自杀。每有一百次横穿大西洋的航程，就会有一次谋杀案件。

当这座钢铁城镇乘风破浪向前行进时，当夜晚的海风疾速地绕着桅杆呼啸时，没有人知道船上的无线电通讯天线此时正把不同的电文传送给英国港的电台值班员。

东部标准时间晚上十点整，值班报务员发出去了一份电报，电文如下：

伦敦哈顿公园钻石之家转交 ABC，目标在船上。如需采取措施，速告，并告酬金。温特。

一小时以后，伊丽莎白号的报务员正在为手里刚刚拿到的一封长达五百五十字的电报而叹气，它是发给伦敦摄政公园国际进出口公司业务经理的。就在这时，他收到了从英国电台发来的一封简明电报，收报人是伊丽莎白号头等舱乘客温特先生，电文如下：

望速除掉凯丝，酬金两万美元。其他对象抵英后再处理。ABC。

报务员从客人名单中找到了温特先生的名字，然后把电报装进信封，送到了位于邦德和凯丝下面一层的一间房舱中。两位乘客正在舱内玩纸牌。当侍者送完电报准备离开时，听到那个胖子把脸贴近那个有一绺白头发的同伴耳边诡秘地说："哎，伙计，你知道吗？两万美金哪，够咱们花一阵子了！"

　　船已经在海上航行了三天，邦德和凯丝约好要在观景厅喝酒，然后再一同去餐厅吃饭。那天中午，海上风和日丽、波澜不兴。邦德正躲在房舱里吃午饭，此时收到了一张纸条，是用轮船信笺写的，从上面圆润的笔迹判断，应该是出自女人之手。上面写道："今天设法见一次面。勿误。"

　　虽然只有短短的三天，但这短暂的分别还是让彼此格外想念。但当邦德到了酒吧间，找了一个幽暗的角落与凯丝见面时，却发现她一肚子怨气。

　　"这是什么鬼地方？"她讥讽道，"你是不是觉得和我在一块儿丢人呢？我这身衣服可是好莱坞最流行的，你为什么要把我拉到这个阴暗的角落来？你以为我是老姑娘没人要吗？我本来想在这船上找点玩的，可你却把我藏起来，好像生怕我会传染给别人什么病似的。"

　　"好了，好了，你说够没有？"邦德有点儿不耐烦地说，"你总是能让别人对你束手无策。"

　　"你希望女孩子在这艘伊丽莎白王后号轮船上干些什么？难道是钓鱼吗？"

　　听到她这么说，邦德不禁笑了起来。他抬手叫来一名侍者，要了一杯带鲜柠檬片的伏特加酒和一杯淡味马提尼鸡尾酒。

　　凯丝说："我给我的一个姐们儿写了封信。来，我给你念念。"说着，她拿腔拿调地背诵起来："亲爱的阿姐，我现在和一位长得很英俊的英国佬在一起，我们玩得很痛快。但与我相比，他更感兴趣的似乎是我们家的珠宝，真是可恶。我该怎么办呢？迷惘的小妹敬上。"她突然转变了态度，用她的手掌轻轻压住邦德的手，温柔地说："詹姆斯，听我说。我真的很高兴。我喜欢待在这儿，喜欢和你在一起，更喜欢这个无人的

角落。我刚才的话，你千万别往心里去，我是太高兴了，所以想和你开
个玩笑。你不会在意吧？"

凯丝上身穿了件奶白色的丝质衬衣，下身穿着深灰色的棉毛混纺
裙子。她的皮肤由于长时间的日晒变成了淡淡的咖啡色。她身上没有
佩戴任何首饰，只是在手腕上戴着一块别致的女式表。那只放在邦德
手背上的棕色小手连指甲油都没有涂。灿烂的阳光把她的头发照得金
灿灿的，也把那对充满了无限柔情的灰色眼睛照得更加明亮。她嫣然
一笑，是那么的可爱，牙齿如白玉一般。

"不会的，"邦德连忙说道，"怎么可能呢？凯丝，你的一切我
都非常满意。"

她看着他，轻轻地点了点头。这时候，邦德要的酒送来了，她连
忙把自己的手从邦德手上拿开，并且从酒杯的颈部冲他做了个鬼脸。

"我可以问你几个问题吗？"她一本正经地说，"第一个问题，
你究竟是做什么的，老板是谁？当时在伦敦那个旅馆里，我第一次见
到你时，我就感觉你像个骗子。但是等你离开后，我又觉得你不大像
是那种人。我也曾想过要给 ABC 打个电话，把我的怀疑给说说，以免
将来遇上什么大麻烦。可是，不知道为什么，我偏偏就没有那样做。
詹姆斯，把一切都告诉我吧，老老实实交代清楚。"

"我在替政府做事，"邦德对她说，"他们下决心要摧毁钻石走
私集团。"

"你是密探吗？"

"不，我只是一名公务员。"

"好吧。那么，等我们到达伦敦后，你打算如何处置我呢？要把
我关起来吗？"

"没错，不过不是监狱里，而是我公寓的空房间里。"

"那还差不多。我还希望我能成为英国女王陛下的臣民，可以吗？"

"我也希望，我想我们应该能帮你办到。"

停顿了几秒钟，她突然又问道："你结过婚吗？或者有没有跟别人同居过？"

"没有。不过风流韵事倒是有过的。"

"噢，原来你是个喜欢跟女人睡觉的男人。那么，你为什么不结婚呢？"

"因为我更喜欢单身生活，它更适合我。据我了解，大多数的婚姻不是 1+1=2，而是 1+1=0。"

凯丝仔细想了想，说："听起来似乎是有点儿道理，不过这要看你希望的加法是什么样的，是要往圆满这方面加，还是要往破裂这方面加。如果你想打一辈子光棍儿的话，这一生也算不上圆满吧？"

"那么，你怎么样？"

她没想到他会突然反问自己。"可能是因为我过去一直过着非人的生活，所以还从未考虑过这个问题。"她回答道，"你觉得我到底应该嫁给谁？沙迪•特瑞吗？"

"世上可嫁的男子多着呢。"

"胡说，根本就没有，"她似乎有点儿生气，"或许在你看来，我不该跟那帮坏家伙搅在一起，其实我自己也是这么认为的，可是我错就错在从一开始就跨进了邪恶之门。"渐渐地，她的怒火熄灭了，变得楚楚可怜，"詹姆斯，人难免会有走错路的时候，我也一样。而且时常是被逼无奈的。"

邦德紧紧地握住了她的手。"凯丝，我明白，"他安慰着她，"关于你的情况，莱特已经对我说了一些了，所以我一直都在尽量避免和你谈论这方面的事。你也不必太过自责，现在一切都过去了。在船上，我们过的只是今天，今天，知道吗？"为了缓和气氛，他转换了话题，"好了，现在跟我说说，你为什么叫蒂凡尼呢？在冠冕大酒店担任赌台管理员的滋味如何？你的牌艺是和谁学的？怎么那么娴熟？既然你能把牌玩得那么好，我想，学别的技术也一定不在话下。"

"多谢夸奖，"凯丝带着一丝挖苦说，"我玩牌的手艺的确还可以。至于我为什么叫这么个名字，那是因为我老爸知道我妈生了个丫头，心里非常难受，于是扔给我母亲一千美元和一块蒂凡尼美容公司生产的粉饼，就去海军陆战队当兵了。在攻打硫黄岛的战役中，他阵亡了。于是我母亲就给我起名叫蒂凡尼·凯丝，并且开始带我外出谋生。一开始她只是养了几名应召女郎，后来胆子就越来越大……"

"这种经历，你听起来是不是有点儿不舒服？"她既骄傲又有些自卑地说。

"不要这么想，"邦德坦然道，"你又没去当应召女郎。"

她耸了耸肩，继续说："后来一伙歹徒闯进了我家，把那儿砸了个稀巴烂。"说到这里，她举起酒杯，一口气把剩下的马提尼酒都喝光了，"这样，我就只好独自一人出去闯荡了，最开始我就干一些女孩子常做的工作。有一天，为了找活儿干，我跑到了里诺城。那儿有一个学校，叫赌场管理学校，正好在招生，我就签约进了那家学校。我在那儿拼命地学习。我主修的是双骰子、轮盘台和二十一点。赌台管理的收入还不错，每周能赚两百美元。男人们大都喜欢女发牌人，女顾客也感觉用女发牌人要安心一些，因为觉得女发牌人对人比较和蔼。或许女人容易给人们留下这样的印象。不过，什么事一旦干久了，就觉不出有什么好玩的了。这差事也一样，并没有想象中的那么好混。"

说到这里，她停了一下，然后又笑着对他说："我的故事讲完了，现在该轮到你啦。我想再要杯酒，然后慢慢地听你告诉我，究竟什么样的女人才能和你相加？"

邦德又要了两杯酒，然后点上一支香烟，说："我想，首先她应是爱我的，而且还要会做法国菜。"

"天啊，要是给你找个既会炒菜又能和你睡觉的老太婆，你要不要？"

"哦，当然不，女人该有的，她样样都不能少。"邦德打量着她说，"并且，她还要有金色的头发、灰色的眼睛、一张利害的嘴巴、完美的身材。此外，她还必须会讲各种各样的笑话，懂得如何打扮，还要会玩扑克牌等。这些特点，我想要找的那个女人都得具备。"

"如果你能找到这样的女人，你会和她结婚吗？"

"也未必，"邦德说，"老实说，我也算结过一次婚了，不过娶的是一位老头子。他姓氏的开头一个字母是 M。如果我要再和一位女性结婚的话，就必须先跟他办理离婚手续。不过到目前为止，我还没有下定决心跟他一刀两断呢。再说了，也不知道那个女人和我结婚后，会不会成天在我耳边唠叨，让我在厨房里不停地干这个，干那个。两个人一旦步入婚姻，就免不了要吵嘴，'这明明是你做的！还想赖吗？胡说！那可不是我。'如果我的耳朵边每天总是充斥着这样的唠叨，这种日子会让我发疯的。我只会一心想溜之大吉，最好是公家能派我去日本出差。如果那样的话，夫人就只能独守空房了。"

"你想要孩子吗？"

"我喜欢孩子，会要几个吧，"邦德直截了当地说，"不过我想最好还是在我退休之后。要不然，孩子可就有苦头吃了。干我这行，每天都在提着脑袋过日子。"他看了看酒杯，然后拿起来一饮而尽，"凯丝，你是怎么想的？"

"我想，在回到家的时候，看见客厅的桌子上摆着一顶男人的帽子，这是每个女人都希望的。"凯丝若有所思地说，"可惜的是，在帽子底下，我从来没有发现过一个看着顺眼的面孔。一旦落入阴沟，你就会知道那个滋味了。你自己都已经是蓬头垢面、狼狈不堪了，哪还有精神和兴致再东张西望啊。得过且过吧。为斯潘兄弟们干活儿时，我从来都是吃穿不愁，而且还能存一些钱。可是女孩子要想在那帮人里找到一个真心对自己好的，简直是白日做梦！因此你不得不经常在自己的房门外贴上'请勿打扰'之类的提示语。那种生活，我现在已经过得非常够了。百老汇歌舞班的姑娘们中间流传着一句俏皮话：'如果你在要洗的这堆衣服里找不到一件男人的衬衣，那你洗这堆衣服就会感到非常乏味。'"

听到这句幽默的话，邦德被逗得哈哈大笑："唔，好了，现在一切都过去了，你已经脱离了阴沟。不过，塞拉菲姆怎么样？那天，在火车上，我看……"

邦德的话还没说完，就见凯丝的眼睛里闪出一道愤怒的光，一下子从餐桌旁站了起来，转身就走。

邦德心里暗暗咒骂着自己，赶紧从钱包里掏出钱放在账单旁边，然后便匆匆地跟了上去。一直追到甲板上，他才赶上了她。"凯丝，你得让我把话说完哪。"邦德焦急地说。

她转过身来，一脸委屈地面对着他："你怎么能这样呢？"说这话时，晶莹的泪珠就在她的眼眶里打转儿，"这么美好的一个夜晚，你怎么忍心破坏它呢？"说完，她再也控制不住，两行泪水顺着脸颊流了下来。她转过身去，面朝窗户，手伸进提包里找手帕。把眼泪擦干后，她又说，"你真是让人费解。"

邦德伸出双臂环抱着她。"我的宝贝，"他知道，这场误会只有用爱才能化解，当然甜言蜜语也是少不了的，继续说道，"我绝没有想让你伤心的意思。我只是好奇而已。那天晚上，还记得我们在'炮弹号'上度过的那个可怕的夜晚吗？说实话，当我看见桌上摆了两套餐具时，我的心如刀割般疼痛，与之后所受的皮肉之苦相比，真是有过之而无不及呀。我只是随便问问罢了。"

她这时抬起头望着他，有些将信将疑。"你的意思是……"她死死地盯着他的眼睛问道，"你那时就爱我？"

"别装傻了，"邦德说，"难道你一点儿也没看出来？"

这个问题她没有回答，而是转过身去朝着一望无际的大海。船舷附近，有几只海鸥在上下翻飞。沉默了片刻，她说道："有一本叫作《爱丽斯漫游奇境》的书，你读过没有？"

"小时候读过，怎么了？"

"我很喜欢上面的一段话，经常默诵，"她说，"'啊！小老鼠，你可知道怎样才能使我脱离这个泪池？我在这里面不停地游来游去，已经累得精疲力尽了。啊，小老鼠！'还记得这一段话吗？我原本以为你会为我指出一条逃脱的道路，但没料到你却反手一击，我心里怎么会不生气呢？"她飞快地往他脸上扫了一眼说，"不过，我知道你不是要故意伤害我的。"

邦德静静地看着她那不停开合的樱唇，情不自禁地吻了上去，但她却没有给出热烈的回应。不过她的眼里终于又流露出了笑意。她挽着他的胳膊，往敞开了门的电梯走去。"先送我下去，"她说，"我要回房间重新打扮一番。我得好好化化妆，才能去公共场所抛头露面。"

她用力挽着他的胳膊，粗声说道，"现在，你是不是也该回去好好洗个热水澡呢？我想，作为女皇陛下的臣民，最起码要做到这一点吧。你们英国人不是最标榜浴室文明吗？"

邦德先送她回了房间，然后再回到自己的房里。他先洗了个热水澡，然后又用冷水冲了一下。洗完后，他静静地躺在床上，回味着她刚刚说过的那些话，不由得会心微笑了。想必她此时也正在浴缸里，望着水龙头发呆，心里想着我这个英国佬。

这时传来了一阵敲门声。侍者端着一个托盘走了进来，把它放在了桌上。

"这是什么？"邦德问。

"是厨师送的，让您尝尝味道。"侍者毕恭毕敬地回答，然后躬身而退，随手带上了房门。

邦德从床上下来，想走过去看看盘子里盛的究竟是什么东西。看到后，他忍不住笑了起来。托盘上放着一小瓶香槟酒和一只小火锅。火锅里面盛的是吐司和煎牛排。托盘上还放着一小盘法式调味汁。除了这些东西以外，托盘里还有一张纸条，上面用铅笔写着："这炸牛排和法式调味汁均出自凯丝小姐之手，我并没有帮她的忙。"下面的落款是："厨师"。

邦德给自己斟上了一杯香槟，在牛排上涂了一层厚厚的调味汁，开始大吃起来。然后他拿起了电话。

"蒂凡尼吗？"

他听见电话那头传出了非常得意的笑声。

"我说，这道煎牛排和法式调味……"

他话未说完，就挂了电话，让她也体味一下猜测的感觉。

第二十三章

船　中　乐　趣

　　晚上十一点，伊丽莎白号轮船的阳台餐厅里剩下的客人寥寥无几。月光如水一般泻在这片漆黑的海上，轮船缓缓地向前行驶着，大海仿佛在轻轻地叹息。

　　在餐厅靠近船尾的地方，一对男女紧紧地偎依在一起。轮船在轻轻地摇动，大海连同海上的一切似乎都要入睡了。

　　现在有充足的时间来谈情说爱了。不必再斗嘴，也不必再海誓山盟。夜色已深。他俩站起来朝门口走去。

　　他们站在通往甲板的电梯间门口。凯丝说："詹姆斯，我有个主意。我们可不可以再去喝点儿掺薄荷糖和奶油的热咖啡？我早就听说过，这种大轮船上有一种航程预测赛会，类似于赛马赌法，我们不如去试试手气，说不定还能乘机捞上一把，怎么样？"

　　"好啊，一切听你安排。"邦德把她搂得更紧了，他俩漫步走向休息厅。在经过舞厅接待室时，看见琴师正在调试着乐器，"别让我去买什么赌票。那纯粹是让他们捞钱的玩意儿。百分之五的抽头要作为慈善会基金，这样一来，中奖概率恐怕比拉斯维加斯还要低。"

　　吸烟室里几乎没有人。他们找了个角落坐下了。屋子另一端的一张长桌子上，放着一个盒子，里面装着各种航程号，还有一把小木槌，是主持人裁定时用的，以及一个装着凉水的玻璃瓶。一个侍者在桌边忙着布置拍卖会场需要用的东西。

他们刚才进来时，屋里很多桌椅还是空着的。可是就在邦德向侍者要咖啡的当口，侧门突然敞开，一下子涌进来一大群客人，不一会儿，就进来了有一百多人，坐满了吸烟室。

拍卖会的主持人听口音应该是英国中部人，大腹便便、喜欢说笑。他穿着晚礼服，襟上还别着一朵红色的石竹花。他站在了那张长桌后面，示意大家安静，然后开始宣布船长所预测的今后二十四小时内这艘轮船的航行距离。根据船长的预测，航行距离奖应该介于七百二十海里与七百三十九海里之间。凡是低于七百二十海里的数字都叫作低线，而超过七百三十九海里的数字叫作高线。主持人继续说："各位女士，各位先生，让我们大家拭目以待，看看今天有没有人能够打破本船航程预测赛的最高奖金纪录——两千四百英镑！"室内此时响起了热烈的掌声。

一位侍者端来一只方盒，站在了一位看起来非常富有的女人面前，由她从盒里抽出了一张纸条。侍者接过纸条，把它递给了主持人。

"女士们，先生们，今天的第一个数字就非常富有挑战性，是738。这个数字与船长预测的最高线非常接近。今晚到场的有不少是生面孔，我想我们大家一定都感受到了，现在海面上是风平浪静，那么，这就是一个非常吸引人的数字了。女士们，先生们，关于738号，我来开个价吧。五十英镑怎么样？有没有哪位先生或女士愿意花五十英镑买下这个如此幸运的号码？那边那位女士说二十，对吗？好吧，我们总算有个底价了。还有哪位愿意添一点儿？那位太太说二十五，好的，谢谢。好的，有人说三十英镑了。哦，四十英镑。好的。我亲爱的朋友罗布莱加到四十五磅了。谢谢你，查理。还有哪位想给738号再加码？五十。谢谢你，夫人。好了，现在我们又回到了我最初报的那个数字。有没有人愿意出比五十英镑更高的价钱？哪位愿意再多出一点儿？这个号头可是很接近高线。今天海面可是风平浪静。只有五十英镑？有没有人出五十五英镑？有人出吗？好，五十英镑成交了。"说着，他举起槌子在桌上"砰"地敲了一下，成交了。

"这个主持人还不算差。"邦德解释说，"这个号头不错，价钱也比较公道。如果一直是这样的好天气，而且又没出什么事的话，一定会有很多人买高线的，说不定会超出'一大包'。大家都觉得在这种好天气，二十四小时内轮船航行七百三十九海里以上肯定没问题。"

"'一大包'是什么意思？"凯丝不解地问道。

"一包是两百英镑，或者再多点儿。我估计一个普通号头怎么着也值一百英镑。不过，第一个号头总是会便宜一些，因为此时观众的热情往往还不够。这种赌博，买头号其实是最好的玩法。"

等邦德解释完时，主持人已经一槌敲定了第二个号头，一位看起来非常激动的漂亮姑娘以九十英镑的价格买下了这个号。她身旁一位头发花白、皮肤白皙的老绅士给她出了钱。

"詹姆斯，我也要买一个，"凯丝有点儿不服气，"你对女朋友太不够意思了。瞧瞧人家。"

"你没看见他头发都白了吗？"邦德辩解道，"估计有六十了。男人一过不惑之年，女色就诱惑不了他了。那时他的嗜好除了大把大把地往外掏票子就是没完没了地讲故事了。"说到这儿，他笑眯眯地看着她，"幸亏我现在还没有到四十呢。"

"别耍贫嘴，"凯丝冲他挥了挥手，"我常听人说，找情人要找个上点儿岁数的男人，看起来你也不像是个守财奴呀。难道是因为女皇的臣民在轮船上公然聚赌，触犯法律……？"

"轮船只要离岸三英里，就算航行在公海上了，谁也管不着。"邦德解释说，"但是，轮船公司对于此类活动的管理还是非常谨慎的，我念给你听。"他从桌上拿起了一张橘黄色的纸片，原来是一张《轮船航程预测赛会简章》。他念道，"……为避免误会，轮船公司重申对上述赛会的立场。本公司限制本船休息厅管理人员或其他工作人员参与航程预测会。"邦德抬了抬眼皮，"瞧，他的意思是说，他们自己不能参与这种赌博。再看看下面写的：'轮船公司建议由乘客推选代表组成一个委员会，以对赛会起到监督作用。只有在空闲之余，并受到聘请，休息厅管事才可协助委员会工作，主持拍卖事宜。'他们可真滑头，把一切问题和责任都推到委员会身上了。再听听下面讲些什么。他接着往下念，'本公司特别吁请赛会上的金额不得超过国家有关外币及英镑支票进入国境之最高限额'。"

邦德放下纸片说："除了这些，他们还有很多名堂呢。"他笑着说道，"如果我刚才为你买下的那张号头，万一中奖，你就会赢两千英镑，不过问题是你用什么办法才能带走它呢？你要是想保住那笔钱，就只能把支票塞在吊袜带里混过海关，这是唯一的出路。这不是让我们重抄旧业吗？不过没关系，这次是我陪你一块儿冒险。"

邦德这番劝告让凯丝听了有点儿讨厌，于是挖苦地说："过去，有人给我讲过一个故事。故事说，在一个匪帮中，有一个对所有赌博都非常精通的老坏蛋，名叫阿布德巴。他可以算出赛马的赢家比率以及定号头的百分比。所有动脑子的算计，他都能算出，所以人们都管他叫老妖怪。你不愿意为朋友花钱，而且还用一番臭理论来搪塞，从这些行为来看，恐怕你可以称得上第二号老妖怪了。好吧，"她耸了耸肩膀说，"为女朋友再要一杯酒，这不算过分吧？"

邦德向侍者招了招手，要了杯鸡尾酒。凯丝这时凑近他的耳边低声说道："其实我已经不想再喝了。你替我喝了吧。我希望今晚自己能和星期天的晚上一样清醒。"说完，她坐直了身子，"看看，又在搞什么名堂，"她有些不耐烦地说，"我倒是想看看热闹，要不然就太无聊了。"

"马上就有好戏看了。"邦德安慰她道。这时，主持人提高了嗓门儿，室内的观众们也都屏住了呼吸。"女士们，先生们，"主持人用动人的声调说，"在这儿，我要提出一个非常宝贵的问题。有没有人愿意出一百英镑的价钱，来选择是远程航行还是近程航行呢？我想我不说大家也都心知肚明。现在外面风平浪静，微波不兴，我估计今晚应是远程更受人青睐。那么有谁愿意出一百英镑买远程或者近程呢？谢谢，这位先生。好，有人出一百一十，一百二十，一百三十。谢谢，夫人。"

"一百五十英镑！"距离邦德坐的位置不远的一个男人喊到。

"一百六十英镑！"这次是个女人的声音。

"一百七十英镑！"刚才那个男人又单调地叫道。

"一百八十英镑。"

"两百英镑。"

听到"两百英镑"这个价钱，邦德不由转过头去朝后面望了望。

喊价的是个大胖子，不过他的头却又小又圆，一双鼠眼看上去既冷酷又尖利。他手里拿着一副望远镜，正聚精会神地眺视着主持人。他的脖子又短又肥，汗水顺着头发的根部一直往下流。他的左手从口袋里掏出一块手帕来擦汗，从左颊擦到颈后，再由右手接过手帕继续擦，把整个头部擦了一个遍，连沁出汗珠的鼻尖也没有放过。

这时，只听有人喊道："两百一十英镑。"

听到这个价，那个胖子的下巴稍稍动了动，然后用美国腔稳稳地叫道："两百二十英镑。"那声音听起来似乎有点儿耳熟，记忆之键在邦德的脑海里"咚"地敲了一下。怎么回事？他眼睛盯着那个胖子，脑海里却在四处不停地搜索，想寻找到记忆的标签，这模样、这语气，在哪儿见过呢？在英国还是在美国？

他一时无法确定，再看看坐在他身旁的那个男人，怎么也有一种似曾相识的感觉？他看起来应该很年轻，但却长得有点儿怪，一绺白发长在头顶上，浅棕色的眼睛，长长的睫毛，长相很英俊，但那又宽又薄的嘴巴以及上面的塌鼻子却把它破坏殆尽了。此时，他正咧着嘴笑，那张嘴就如信箱的投信口一样。

"两百五十英镑。"那个胖子又机械地继续加码。

邦德把脸转过来问凯丝："那两个人你以前见过吗？"她注意到他眼神里流露出来的焦虑，回答说："没有，"她回答得斩钉截铁，"从来没见过。你觉得他们有什么不对吗？"

邦德又瞟了那两个人一眼。"没有，"他有些犹疑地说，"没有，我想没有什么不对的地方。"

一阵热烈的掌声过后，主持人眉开眼笑，他轻轻地敲着桌面说："女士们，先生们，这次可真热闹啊。这位穿着漂亮的粉色礼服的太太愿意出三百英镑。"观众们转过脸去，伸长了脖子寻找张望，互相打听着，想知道她究竟是什么人。此时，主持人又转向大胖子，问道："先生，您加到三百二十英镑，可以吗？"

"三百五十英镑。"大胖子答道。

"四百英镑。"穿粉色礼服的太太尖声叫道。

"五百英镑。"这声音听起来异常冷漠，让人打心里感到冰凉。听起来简直走了调。

此时穿粉色礼服的太太跟她身旁的男人开始激烈地辩论。那男人看上去怒气冲冲，看了看主持人，然后摇了摇头，表示放弃。

"还有没有人出更高的价钱，五百英镑？"主持人问观众。显然他知道，这个价钱是大伙儿哄抬出来的最高标价，"再等一等，看还有没有人出更高的价钱，"木槌"砰"地敲了一下，"好的，五百英镑卖给那边的那位先生，大家一起鼓掌祝贺他吧。"他带头鼓起掌来，大伙儿也跟着一起鼓掌，尽管从心底里说人们都希望穿粉色礼服的女士赢。

大胖子抬起屁股，欠了欠身，脸上一点儿也没有显现出对大家的掌声表示感谢的神色。

"现在我们按老规矩问一下这位先生，您愿意要远程还是近程？"人们都认为主持人讲的纯粹是废话。这不是明摆着的事嘛。

"近程。"

刚才还非常嘈杂的休息室突然变得鸦雀无声，接着便响起了人们一片嗡嗡的议论声。显而易见，在这种风平浪静的情况下，人们一定会都买远程。伊丽莎白号轮船现在的速度至少每小时有三十海里。他却偏偏买近程。难道有什么秘密他事先已经知道了？或者是他贿赂了船上的船员？又或是他能预知不久轮船将会遇上大风暴？

主持人用手指轻轻地敲着桌面，等到大家都安静下来，他又重复地问了一声："我再问您一次，您是说要买近程吗？"

"没错。"

"砰砰"，主持人又在桌面上敲了两下，"女士们，先生们，如果这样的话，我们将继续售卖远程。夫人，"他一个劲儿地冲着穿粉色礼服的太太的额头说，"请您给远程开个价钱，可以吗？"

邦德对凯丝说："真是怪，太奇怪了！现在海上一点儿风浪都没有，怎么要出那么高的价钱买近程呢？"他接着说，"唯一的解释就是他们心怀鬼胎，早就知道要出事。或者是有人告诉他们要出事。"他转过身去又看了那个人一眼，然后回过头来说道，"他们好像注意到我们两个了。"

凯丝的头掠过邦德肩头也朝那边看了看。"现在他们没有注意我们，"她说，"你怎么看出来那两个人没安好心呢？我看那个长着一绺白头发的有点儿笨手笨脚。那个大胖子还时不时地吸吮自己的大拇指，看起来有点儿神经兮兮。他们葫芦里究竟卖的什么药？"

"吮大拇指？"邦德问道。他边说边用手拢了拢头发，在记忆里使劲儿地寻找着。

如果她给他时间再想一会儿，也许他就想起来了。可是这会儿，她抓过来他的手，把身体靠过去，金色的头发轻拂着他的脸，娇声娇气地说："我在这儿待得有些腻了。咱们去别的地方转转，好不好？"

于是他们起身离开了这间嘈杂的休息室，朝楼梯口走去。邦德的手搂着她的纤腰，她的头则依偎着他的肩膀，两人各怀心思往舱房走去。

在凯丝走到门口时，她并没有去开门，而是仍然拖着他往前走。她轻声说道："我要去你的房间……"

邦德没有回答，一直往前走，两人走进舱房时，他一把关上了门，然后转过身去，紧紧地搂抱着她，温柔地呼唤着："宝贝。"他捧起她的脸，深深地吻了下去……

第二十四章

生 死 搏 斗

　　电话铃突然急促地响了起来，在这之前，邦德只清楚地记得，临睡前凯丝柔柔地说："宝贝儿，别朝左侧睡觉，会使心脏负担加重的。最好转过来睡。"他听话地翻过了身子，房门"砰"的一声关上了。于是他便迷迷糊糊地睡着了，她的轻声耳语、海洋的叹息以及轮船微微的颤动统统都被他带进了无边的黑暗。

　　电话铃声乍起，响彻了这间漆黑安静的小屋。邦德从梦中醒来，嘴里骂着拿起了听筒，只听电话那头一个声音说："先生，实在对不起，把您吵醒了。我是电讯室的报务员。我们刚刚收到了一份发给您的电报，上面写着'加急件'字样。是我给您在这儿读一下，还是给您送过去？"

　　"给我送过来吧，谢谢。"邦德说。

　　他把电灯打开，下了床，使劲儿地摇了摇头，想让脑子尽快清醒过来，刚才两情相悦的回忆早已消失得无影无踪了。

　　他走进浴室，把水打开，在莲蓬头下冲了足有一分钟，然后匆匆地擦干了身体，穿上了衣服。

　　有人在轻轻地敲门。他把门打开，接过电报，坐在桌旁，开始阅读电文。读着读着，他的眼睛就逐渐眯成了一条缝儿，头皮也感觉开始发紧，并且还隐隐作痛。

这是英国情报局参谋长发来的电报，电文如下：

我们秘密搜查了"钻石之家"塞伊经理的办公桌，发现了一封温特从伊丽莎白号上发给 ABC 的电报，说他已查明你和凯丝在船上，请指示该如何行动。ABC 回复温特的电稿中要求干掉凯丝，报酬为两万美元。

我们认为 ABC 即塞伊经理，其法文姓名的缩写字母正好是 ABC。

估计塞伊已获悉警方的搜查，于昨天已飞往巴黎。据国际刑警总署报告，此人现已抵达北非的达喀尔。这一情报证实了我们的推测，即塞拉利昂矿场就是钻石走私集团的起点，然后经边界再运至法属几内亚。我们已派人严密监视在塞拉利昂的某外国牙科医生。

堪培拉号喷气飞机已由空军在博斯库姆基地备好，你明晚抵达后要搭机飞往塞拉利昂。

看完参谋长的电报以后，邦德半天都没回过神来，就在椅子上僵直地坐着。

他一把抓过电话说："接凯丝小姐的房间。"

那边传来了电话接通的声音，但却没有人接电话。他连忙放下听筒，打开门，沿着走廊跑向她的房间。门开着，里面却没有人。床上的用品都放得整整齐齐的，看起来似乎没有人睡过。灯还亮着，她的手提箱好好地放在门边的地毯上，睡衣和其他东西散落在手提箱旁的地上。估计是在她从他的房间回来之前，已经有人预先藏在了门后，当她进来的时候，或许是被人一棒子打晕过去的，然后又会是什么样的呢？

他往浴室里看了看。也没有人。

邦德在屋子中央来回地踱着步，像被人从头到脚浇了一身冰凉的水。现在自己该怎么办呢？凶手在杀人灭口之前，一定会先审问她的，他们要问出她知道些什么，泄露出去了什么，并且还要了解有关邦德的情况。估计是把她带到他们的房舱去了，这样一来就没有人会打扰他们了。即使是在半路上碰到了人，也只需摇摇头说："昨晚她喝酒喝得太多了。谢谢，不必帮忙，我自己能行。"但是他们在哪个房间呢？

邦德一边沿着过道匆忙地跑，一边看了看手表。现在是下半夜三点钟。她离开自己的房间时，大约是两点多钟。要不要报告部长呢？算了，那还要再费一番口舌去解释，肯定会耽误时间的。即使报告了，那帮人肯定会说："亲爱的先生，在我们看来，这条船上不大可能发生这样的事。"然后就会例行公事地安慰他一下，"当然，我们还是会尽力的……"警卫长还会露出一副怀疑的神态，他会以为是邦德喝多了或者是小两口吵架了。他甚至还会怀疑他是不是为了赢得"近程"赌赛，而想故意延缓轮船的航速。

是啊，如果有人失踪，甚至可能落海的话，船肯定会因此而降低航速的，说不定还会干脆停下来。

邦德赶紧跑回屋中，找出乘客名单，在上面飞快地寻找着。温特，哦，找到了，第四十九号房舱，正好是邦德脚下的那层房间。突然间，邦德觉得自己的脑门像是被谁打了一巴掌。温特与吉德，他们不就是戴着面罩去泥浆浴室教训骑师贝尔的那两个家伙嘛。他重新复核了一遍乘客名单。四十九号房舱，没错。同屋还有个叫吉里奇的乘客。想当初他从伦敦飞往纽约的时候，在英国海外航空公司的班机上，他见到的不正

3

是那个大胖子和那位有着一绺白头发的少年吗？那人在公文包上写着：
"本人血型为B"。那时他还觉得他是个惜命的胆小鬼呢。原来这两个
家伙是派来暗中监视他和凯丝的。莱特也曾经向他介绍过这两个打手的
情况，"他的外号叫瘟弟，坐车会晕，所以很讨厌外出旅行。没请外科
医生烧掉他拇指上的那个粉瘤，总有一天他会后悔。"他清楚地记得，
那个长了红色粉瘤的拇指，扣住左轮手枪，指着躺在木箱中的贝尔。刚
才在拍卖会上，他也听凯丝说过："那个大胖子在不停地吸吮他的大拇
指。"他突然明白了为什么那两个家伙会出那么高的价钱买下"近程"。
原来他们早就已经计划好了一起命案，想利用它来发笔意外横财。假如
发现船上有人失踪，肯定会怀疑是落水了。此时轮船就会停下来四处搜
寻，这样那三千英镑奖金自然就落到了他们的腰包里。

　　肯定没错，他们就是来自底特律城的温特与吉德。

　　过去发生的一幕幕从邦德的脑海中闪过，就像是在看栩栩如生
的影片一样。他立即找出自己的小公文包，把它打开，从里面取出了
手枪的消音器，然后又从橱柜下面掏出了手枪，在枪口上套上了消音器，
心里则盘算着有可能出现的情况。

　　他找出了船票，仔细地研究着印在船票背面的客舱平面图。
四十九号舱就在他这间房舱的底下一层。能不能一枪打断他房舱上的
门锁呢？趁他们还来不及反应的时候制服他们？不行，这个方案没多
大把握。他们很有可能会同时锁上了门并挂上门闩。能不能告诉船方
有关凯丝失踪的事，让他们打开四十九号舱旁边那个房舱，在那里的
客人们还在瞪大眼睛问"是怎么回事"时，他从侧门闯进四十九号呢？

　　邦德把手枪掖进了腰带里，打开舷窗的横闩。他侧着身子举起腿
想让肩部先通过洞口，发现窗台上还有一英寸多的边沿。他探头朝下

面望去。下面在八英尺与九英尺之间的地方，有两个圆孔，透着微弱的灯光。夜晚一片寂静，海面上也是波澜不兴。舷窗正好位于轮船背光的一面。不知道下面房舱的两个舷窗有没有上闩。

邦德又重新回到屋里，揭下床上的白床单，把它一撕两半，然后打了个结把它们连起来，这样长度一定够了。如果这次行动成功的话，他要把四十九号的白床单拿回来，让乘务员把丢失的床单记在温特的账上。

如果万一他失败的话，那就没什么可说的了。

邦德把床单拧成一股绳，又使劲儿扯了几下，看看它是不是结实。感觉没什么问题之后，他把绳子的一头牢牢地拴在舱口的铰链上，然后看了一下手表。从他接到电报到现在，才过去了十二分钟，不知道出事的时候到底是几点。他咬紧牙关，慢慢地把床单顺了下去，然后自己也爬出了舷窗。

千万不能胡思乱想，不能往下看，也不能朝上看。不要担心自己打的结不结实，肯定能吃得住。他小心翼翼地往下慢慢滑去。

晚风轻拂，下面波浪的澎湃声随风入耳。顶上的桅杆上不时发出吱扭的响声。遥远的天边挂着几颗闪亮的星星随着两只桅杆徐徐移动。

不要害怕，不要想这艘巨轮，不要想下面那漆黑幽深的海洋，不要想那会把你的身体截断的四叶螺旋桨。就当自己是个顽童，正从苹果树上往下爬。这里是安安静静的果园，下面是软软的草坪。

邦德收回思绪，把注意力都集中在了自己的两只手上。他感觉自己就像是一只昆虫趴在粗糙的墙壁上。他的脚踝和粗糙的涂料互相摩擦着，脚尖小心地往下试探，寻找着舷窗的边缘。

终于碰到了。他感觉右脚尖似乎是触碰到了一个窗口的凸起。不能再往下滑了。他用脚尖继续试探着，慢慢地挪动，终于到了玻璃窗前，触到垂下的窗帘了。他现在只需将身子再往下滑一点点。最困难的时候就要过去了，胜利已经在望了。

他又往下滑了一点，使自己的脸部正好对着舷窗。他的一只手臂抓住了舷窗的凸缘，用来分担一下床单承受的力量，然后放下了两臂。他全身紧绷，以便积蓄力量穿过舷窗，准备着朝下方最后的一跳。他的右手还必须在腰边放着，以便能够紧紧握住枪柄。

微风轻轻吹动窗帘，拂过他的面颊。房舱传出了模糊的交谈声。他用力屏住呼吸，凝神静听，把自己刚才的历险，以及脚下的滚滚波涛都抛到了九霄云外。

只听一个男人说了句什么，一个女人带着哭腔答道："没有。"

过了一会儿，听见了一声非常清脆的掌掴声，女人不由叫了出来。因为声音来得突然，邦德的身体不由自主地向室内倾斜，仿佛有根绳子在往下拉他似的。他决定从舷窗跳下去。他不能预料如果自己越过三英尺直径的玻璃框的话会碰到什么。他只能尽量地保护自己。他的左手捂在额前以保护着头部，右手则仍然按着腰带上的枪柄，猛地一下冲向舷窗。

还好，只是掉在了一个衣箱上，他顺势翻个跟头，站了起来，往前跨了几步，弯下腰低低地蹲在地上，右手握住枪瞄准了目标。他嘴唇紧闭，手由于用劲过度而发抖。

透过准星看去，那双鼠眼一会儿左一会儿右地乱窜。这把漆黑的手枪刚好竖在了那两个家伙的中央。

"别动！"邦德大喝一声，猛地站起身来。这突如其来的吼声让屋里的人都愣住了。现在他已完全控制了局面。黑洞洞的枪口已说明了一切。

　　"谁让你来的？"大胖子怒气冲冲地问道，"这里没你的事。"从他的语词中判断，这个家伙还没搞清楚他来此的目的，只是半信半疑，并没感到有什么紧张，也看不出惊讶。

　　"是来凑热闹的吗？"那家伙又补充了一句。

　　大胖子穿着短袖衬衣，坐在穿衣镜旁的凳子上，满脸都是汗水，一双老鼠眼睛不停地眨巴。凯丝坐在离大胖子很近的一只皮面矮凳上，身上的衣服已经都被扒光了，只剩下一条肉色的紧身裤。大胖子那肥壮的大腿紧紧压在她的双膝上。她的脸上有红红的手印，肯定是挨了巴掌。她转过身来看着邦德，眼神有些茫然，两片嘴唇大张着，似乎不敢相信刚才发生的一切。

　　长着一绺白发的家伙在床上躺着休息。他用一只手腕撑起身体，另一只手则准备从腋下的枪套里抽枪。他目光呆滞地望着邦德，两片嘴唇咧着，像极了信箱缝儿。他用牙齿紧紧咬着一根牙签，就像是毒蛇口中的舌头。

　　邦德的枪口正对着这两个人的中央，眼睛没有片刻离开这两个人。"凯丝，跪下，慢慢离开那个人。低下头到屋子中央来。"他说，声音听起来既紧张又低沉。

　　他并没有去看她，眼睛依然死死地盯着那两个家伙，他们依然一个坐在凳子上，一个躺在床上。凯丝慢慢脱离了射击范围。

　　"詹姆斯，我好了。"她的声音中既有兴奋又有希望。

　　"站起来，到浴室去。关上门。躺进澡盆里。"

　　他眯着眼睛，用余光斜视着她，看她是否在按他的吩咐做。她站起身来。这时他看到她那白皙的背上也隆起了一个通红的手掌印。她走进浴室。"吱嘎"一声关上了浴室的门。

现在她不会有被四处横飞的流弹打中的危险了，也看不见那即将发生的搏斗了。

那两个家伙大概相距有五码远。邦德想，如果他们两个同时对自己发起攻击，估计他可能会吃亏。一个人要同时对付两个人，即便能以最快的速度杀死其中的一个，也来不及阻止第二个人掏枪还击。虽然到目前为止他还控制着局面。但他心里明白，只要第一颗子弹射出去，局势如何发展马上就会变得难以预料。

"四十八，六十五，八十六。"大胖子的嘴里不停地念叨着这些数字。这些都是黑话密码，是用五十多种美式足球的数字组成的。他们在用这种方式互相传递信息。同时他蹲下了身子，手非常迅速地朝腰带上的手枪伸去。

就在这时，躺在床上的那个家伙突然来了个大转身，双腿对着邦德，通过变换身体的姿势使身体的目标变窄，以便减小中弹面积。他放在胸前的手也悄悄地伸向了腋窝。

"啪！"邦德射出了一颗子弹，因为枪上带着消音器，声音非常轻。那个有着白色头发的青年身上立刻出现了一个黑红色的窟窿。

"啪！"那个白发青年的手指轻轻地抽动了一下，临死前还不忘打一枪，子弹打到了床底下。

蹲在地上的大胖子发出惊恐的尖叫声。他抬起了头，眼睛望向邦德的枪，死死地盯着那黑黑的枪口，生怕它开火，子弹随时会打在自己身上。他还未举起枪，即使射击最多也只能打到邦德的腿部或者打到邦德背后的白墙。

"把枪扔掉！"

胖子乖乖地把手枪扔到了地毯上。

"站起来！"

大胖子听话地站了起来，吓得浑身发抖，盯着枪口的眼睛，惊恐地慢慢移向自己的手帕。

"坐下！"

邦德一直保持着高度地警惕。大胖子看了他一眼，表现得非常顺从，身子慢慢地向后转去，两手则高高地举过头顶。他慢吞吞地往回走，当走到椅子旁边时，缓缓地转过头来，似乎是要坐在椅子上。

他面朝邦德站着，把手很自然地垂下，并随意往后一甩，右手似乎比左手甩的幅度要更大一些。突然，他右手又向前挥动，一把匕首便从指尖飞了出去，屋里闪出了一道白光。

"啪。"

子弹和飞刀同时射出，从屋子划过。两个人不约而同地躲向一边。但结果却完全不同，大胖子身子突然向后仰倒，一只手在胸口上使劲儿地抓着，一个劲儿地翻白眼。而邦德只是受了点儿轻伤，他满不在乎地往衬衣上看了一眼，刀柄在上面微微颤动，刀柄旁的血印也在逐渐扩大。

大胖子倒在了椅子上，但伴随着刺耳的断裂声，大胖子那肥胖的身体如一堆烂泥般轰然倒地。

邦德朝他看了一眼，然后便将目光转向了敞开着的舷窗。他默默地注视了一会儿那被微风吹拂的窗帘，深深地吸了几口海上清新凉爽的空气。舷窗外波涛汹涌。这样的良辰美景，如今完全全全属于他和凯丝了，而那两个横七竖八躺着的家伙对此已经无福消受了。经过刚才的激烈战斗，他的神经和肌肉异常兴奋，直到很长一段时间后才慢慢地放松了下来。

他从衬衣上拔下了飞刀，连看都没看它一眼，便用手拨开窗幔，狠命地将它扔进了漆黑深邃的大海里。他一直凝望着大海，关上了手枪的保险，把它别在了腰带上。此刻，他才突然感到右臂有些沉重。

房舱里一片狼藉。他有些不知所措，两只手下意识地在裤子上抹了抹，然后便向浴室走去，轻声叫道："凯丝，是我。"他打开了浴室的门。

凯丝似乎没听见邦德的呼喊，两手仍然紧紧地捂着耳朵，乖乖地躺在浴缸底部。直到邦德从浴缸中把她扶起来，拥她入怀时，她都仍然不敢相信眼前的一切。她在他怀中紧紧地依偎着，用手从他的两颊一直慢慢地摸到胸膛，似乎是在证实这一切并不是梦。

当她的手触到他受伤的肋骨时，他微微朝一边闪了一下。她马上挣脱出了他的怀抱，仔细地看着他的面部以及被血迹染红的手指和衬衣。

"天哪，你受伤了。"她惊叫起来，但马上就又清醒了。她帮他脱掉了衬衣，用肥皂和清水洗净了伤口，又找来了死者的剃刀，将干毛巾割成了几条，帮他把伤口包了起来。

邦德帮她捡起了扔在地板上的衣服，并递给了她，让她仍然在浴室里待着。她在浴室中要做的，就是尽量擦掉她可能留下的所有指纹，他则要回到舱室中，收拾一下现场。

她亮晶晶的大眼睛使劲地睁着，木然地站在那里，一点反应都没有，甚至在邦德吻她时，她也是愣愣的。

邦德宽慰地朝她笑了笑，然后走出了浴室，随手关上了门。他要着手清理现场。首先他仔细地思考了一下他要干的活儿和干活儿的顺序，一切都要以轮船在南安普顿靠岸时警察来这里调查的着眼点和想法为依据。

他先将沾有血迹的衬衣脱掉了，然后找来一只烟灰缸裹在里面，把它们从舷窗扔进了大海。他又从衣袋里取出来一块手帕，裹在手上，打开衣柜的抽屉，从里面找到了白发青年的一件白衬衣。他穿上这件白衬衣后，又站在房间里想了好长时间。然后他费劲儿地抱起大胖子，将他放在了椅子上，又把他的衬衣脱去，拿到舱口边，从腰上拔出手枪，对着衬衣胸口部位的小孔又开了一枪。这样一来，在衬衣枪孔的四周就出现了一圈火花熏烟，看上去就像是自杀的。做完这一切，他又将衬衣给大胖子重新穿好，仔细地擦掉枪上的指纹，然后将枪柄在死者右手指上摩擦了几下，又把枪塞进了他的手里，并让他的食指扣在扳机上。

他稍事休息，然后走到门背后，取下了吉德的上衣，把它套在了吉德的身上，又将尸体吃力地拖到了舷窗的下端，费劲地扛起来，从舷窗孔扔进了大海里。

邦德用手帕把刚才触摸到的舷窗边缘的手印擦掉，喘着气再次打量了一下小屋周围。他又走到小方桌旁，将其掀翻，让桌上的扑克牌散落一地；掏出大胖子裤子口袋里的钞票，与纸牌混在了一起。

经过这样的一番布置，案子似乎就已真相大白了。只有吉德射进床铺底下的子弹似乎没有恰当的解释，但也可以被看作在搏斗中不小心飞出的流弹。他的手枪里一共射出了三颗子弹，地上的弹壳正好也是三颗。其中两发已射进了吉德的身体。现在他可以拿走床上的白床单了。但如何解释这一损失呢？也许警方会认为床单被温特拿来裹吉德的尸体了，并且一同丢进了海里。温特因为打牌冲突，误杀了同伴，事后自己追悔莫及，觉得没法交代，于是便举枪自杀了。

邦德想，他的这个布置在警察到来之前，是不会有什么问题的，而等到他们上船来检查时，他和凯丝早就已经离开轮船，远走高飞了。现场唯一的证据只有邦德的那支手枪。但这种枪和英国情报局外勤人员用的所有枪都一样，没有任何可以区分的序号。

　　他整理完这一切后，叹了口气，拿上床单，让凯丝悄悄地返回了自己的房间。最后他又割断了吊在舷窗外的床单，收拢起屋内多余的枪、子弹夹和枪背带，将它们一起抛入了大海。

　　当邦德穿过房舱往浴室走时，看了看椅子上的死尸，他朝上翻着白眼，仿佛在对他说："世上没有什么东西是一成不变的，但你的死亡却真的是永恒的。"

第二十五章

炮 轰 匪 首

天气真是热，让人不停地出汗，身上黏糊糊的，非常不舒服。有个人已经在霸王荆树荫底下待了好长时间，似乎是在等人，看上去已经有些不耐烦了。这可能是他最后一次送货了，他们得找个人接替他了。他会好好跟他们谈的，把自己的苦衷都说出来。他那儿新来了一个牙医助手，但对牙科似乎一窍不通，感觉像是个侦探。他身上的特征说明了这一点：他的眼睛总是东张西望，鼻子底下长着两撇焦黄的小胡子，手里总是拿着一只烟斗，指甲清清爽爽。难道他们当中有谁被逮捕了？或者是有人招供了？

他不耐烦地变换了一下姿势。飞机为什么还不来，怎么搞的？他无聊地从地上抓起一把土来，扔向了地上的蚂蚁群。本来整齐的蚁群队伍立即被打乱了。紧接着，蚂蚁又重新组织了队伍，开始向两边疏散，后继的蚂蚁也源源而来。它们开始忙碌地清除路上的障碍，过了没多久，蚂蚁纵队的运输线上又开始正常运行起来了。

那个人干脆脱下了皮鞋，拿鞋底朝蚂蚁运输队狠狠地砸去。蚁群队伍再次骚乱起来，但没过多久，蚂蚁便越过同伴的尸体，排着一条整齐的黑色纵队继续向前挺进了。

那人气得骂了一句非洲的土话,然后穿上了皮鞋,样子有几分无奈。他站起身来,手扶树干,又用大皮鞋不停地踩着蚂蚁群。

过了一会儿,他似乎忘掉了对黑蚁的憎恶,把头伸向北方,好像在聆听着什么。终于来啦。他赶忙又回到灌木树下,拿起工具包,从里面摸出了四只手电筒以及装原料钻石的口袋。

就在一英里以外,停靠着一辆军用卡车,在它旁边的矮树丛中,架设着测音器,此时已经停止了测音工作。有三个人在不断报告着有关飞机的数据:"距离三十英里。速度一百二十,高度九百英尺。"

邦德就站在旁边,他低头看了看表。"他们会面的时间好像都是在每月月圆那天的午夜,"他说,"现在飞机大约已经迟到十分钟了。"

"看来是这样的。"站在他身旁的弗里敦守军军官转过身来说:"下士,去检查一下,千万不能让金属反光从伪装网里露出来。像这样的月色,什么都能看得一清二楚。"

这辆卡车上面盖着伪装网,在法属几内亚的一条土路旁的灌木丛里停着。那天晚上,当测音器在一条路上测听到牙医的摩托车声时,他们便一路跟踪过来了。摩托车停下后,因为他们不能再利用摩托车的响声来掩护自己,于是便把卡车也立即停在了树丛里。他们将卡车、测音器以及架在附近的四十厘米口径的防空小炮全部都用伪装网盖住了,静静地等待着。他们也说不准,和牙医碰头的人究竟乘坐什么交通工具,摩托车、马、吉普还是飞机?

现在,从远处的空中传来了一阵嗡嗡声。邦德笑了一下,说:"原来是架直升机,别的飞机不会发出这种声音的。只要飞机一着陆,我们就卸下小炮上的伪装网。也许我们得给它一炮,以示警告。扩音器的开关打开没有?"

"打开了。"测音器旁边的下士答道，"直升机速度很快。估计一分钟后，我们就能看到它了。看见那边刚刚拧亮的手电光了吗？飞机可能就在那儿着陆。"

邦德朝那四个小光点看了一眼，然后又抬起头望向广袤的非洲夜空。

终于来了，走私集团里最后一员也是最先露面的一员大将！邦德曾和他在伦敦海德花园的珠宝店中见过一面。他既是斯潘帮的核心人物，也是华盛顿治安当局最关注的匪首。对邦德来说，只有这个人和那个可恶的沙迪·特瑞才是他决意要抓到和要杀的人，而其他的人都是冤鬼，是他不得已才动手的。他想起了在绯嘉特酒吧大打出手的情景，还有在轮船上被他干掉的那两个底特律枪手。他现在可以称得上是杀人不眨眼了，M局长派他去美国一趟，只是让他帮助查清钻石走私集团的来龙去脉。可是，不知道为什么，总是那么的不顺，每次见到这帮家伙，他们总是想要他的性命或者想杀害他的朋友。他们总是这样的粗鲁，逼得他无路可退才还击的。在拉斯维加斯，那两个开雪佛兰车的死鬼，根本不问青红皂白就向他开枪，他的朋友厄恩·柯诺也跟着遭了殃。后来那两个开金钱豹车的打手，一见面就给了厄恩一棍，而且到了沙龙后，还是他们先开了枪。塞拉菲姆·斯潘先让他的打手穿着大皮靴在他的身上狠命踩踏，弄得他遍体鳞伤，后来他自己又开车追他，在火车上向他开枪，这可就不能怨他了。温特和吉德这两个狗杂种，不但把贝尔骑师整得半死，后来还又要杀他和凯丝。上面七个人，他先后打死了五个，但这并不是因为他嗜杀成性，而是被逼无奈。在莱特、厄恩·柯诺和凯丝这三位好友的协助下，他才算是吉星高照，幸免于难。

现在最后一个坏蛋就要从空中着陆了。他才是罪魁祸首，是他命令七个手下人追杀他和凯丝的。根据 M 局长的分析，也就是这个人，开辟了钻石走私路线，贩卖钻石，并且使这个非法行当一直都生意兴隆。

邦德从南安普顿港一上岸，马上就赶往了博斯库姆机场。在机场，他用空军专线和 M 局长通了一次电话。当时他要搭乘堪培拉式专机前往西非的弗里敦，飞机马上就要起飞了。M 局长给他的指示就只有几句话，听起来 M 局长似乎有些疑虑："你能平安归来，我很高兴。"

"多谢局长关心。"

"晚报上登了有关伊丽莎白女王号轮船上发生了两条命案的消息，是怎么回事？"M 局长说话的语气中充满了怀疑。

"那两个人是匪帮派来暗杀我们的枪手。他们在旅客名单上登记的名字是温特和吉里奇。听乘务员说，他们俩是因为打扑克牌时发生了口角，转而相互残杀的。"

"你觉得乘务员的话可信度高吗？"

"听起来蛮有道理的。"

M 局长停顿了一下，接着问："警方也是这样认为的吗？"

"我还没来得及见他们。"

"我去跟瓦兰斯谈谈。"

"好的，局长。"邦德说。他知道，这种表达方式是 M 局长的惯用风格。如果这件事真是邦德干的，M 局长希望在办案时，不要将邦德或者英国情报局牵扯进去。

"无论如何，"M 局长又说，"那些人终归是些无足轻重的小角色。现在你要抓的是杰克·斯潘，或者叫作塞拉菲姆，也就是那个叫 ABC 的家伙。据我们了解到的情况，他正沿着走私路线去它的起点，很可能是去关闭这条走私路线的，或许还会顺便干掉他的同伙。在这条走私路线起点接应他的人是一名牙医。你要想办法抓住他们。两星期前，我已经派 2804 号去给那个牙医当助手去了。弗里敦当局也认为，对于当地的情形，他们已经弄清楚了。我希望这个案子能快点儿结束，好让你早点儿回来。这儿还有很多事等着你去办呢。现在这个案件牵涉的范围太广，最初我就不太愿意插手。不过，好在我们现在已经得到了较好的结果，这只能说我们的运气不错。"

"是这样的。"邦德说。

"那位凯丝小姐是怎么回事？"邦德的话还没说完，M局长便问道。"我跟瓦兰斯已经交换了意见。他表示，如果你仍然坚持自己的看法的话，他们就不打算对此再过多地关心了。"

M局长的语气听起来似乎是漠不关心。

邦德尽力装得很严肃地答话："凯丝小姐正乘坐一辆汽车赶往伦敦。我打算先让她住在我的公寓里。在那儿，梅小姐会好好照顾她的。我相信，她自己也会照顾好自己的。她不会出什么问题的，您尽管放心。"说完，邦德急忙从口袋里掏出了一块手帕，擦了擦脸上的汗水。

"好的，"M局长也一本正经地答道，"那就这样吧。祝你好运。"停顿了一会儿，M局长又接着说话，不过声音突然变粗了，"你要自己多多保重。你所做的一切我都很满意。工作报告以后再补。看起来你制服那帮家伙很有办法。再见，詹姆斯。"

"再见，局长。"

邦德仰起头望着北方，天空中有絮状的高积云。此时，他很想念M局长，也更想念凯丝。他多么希望这是最后一战啊，但愿一切顺利吧，如果那样的话，他就可以高高兴兴地返回家乡了。矿场来的送货人，拿着手电筒，站在场地上耐心地等待着。终于来啦，飞机终于飞来啦。

它似乎是从月亮那边飞来的，噪声和之前一样巨大。这噪声也是让他金盆洗手的原因之一。

直升机开始降落了，它在着陆场地上方二十英尺的高处盘旋着。只见一只手臂从机舱中伸了出来，用手电筒打出了一个摩尔斯电码的 A 字母，下面的人也立即用手电筒打出了 B 和 C 字母。这时直升机的主旋翼开始倾斜，一会儿，那只庞然大物便轻巧地着陆了。

直升机掀起了厚厚的尘埃，直到尘埃渐渐落定后，送货人才拿开了蒙在眼睛上的手，看着驾驶员从飞机的小梯子上走了下来。他头上戴着飞行帽，眼睛上罩着飞行风镜。这个人他以前从没见过，个子比之前那个德国人高多了。他是什么人呢？他边想边慢慢地走了过去。

"货带来了吗？"驾驶员冷冷地问道。他的两道眉毛又直又黑，从下面射出两道寒光。他的头稍微转了一下，月光正好照在了风镜的玻璃上，他的眼睛被藏了起来，只能看到黑色飞行帽上的两个银色光圈。

"拿来了，"送货人说起话来有些紧张，"可是，那个德国人怎么没来？"

"他再也不会来了，"两个银色光圈盯着送货人说，"我就是 ABC，是来亲自关闭这条路线的。"驾驶员操一口美式英语，语气里透出坚定和沉着，并且像铁一样生硬。

"哦。"送货人不再说什么。

送货人把手伸进衬衣口袋里，掏出一个已经被汗水浸的湿漉漉的小包，像捧着贡品一样，将小包用双手递了过去。

"快给我加些汽油。"

这语气就像是监工在向苦力发号施令。送货人赶紧去执行命令。

送货人默不作声地干着那人交代的工作。他心想，这个人看起来可是不好惹。他熟悉全部的业务流程，听他讲话也是一副一言九鼎的样子。

他扫了一眼驾驶员站的地方。看见那人正站在扶梯旁，一只手在梯子上搁着。

"我对全部业务一向是要进行彻底检查的，在我看来……"驾驶员的话没说完，就戛然而止了，嘴里发出了咆哮的声音。

驾驶员举起了手枪。送货人嘴里的"啊"声还没发完，三颗子弹就朝他飞了过来，只见他翻身倒在了地上，身子往上挺了一下，便躺在地上一动不动了。

"不许动！"突然，有个声音从喊话器里传来。这声音经过扬声筒的放大，显得特别空旷。"你被包围了。"喊话声加上飞机发动机的声音，混成了一片。

驾驶员飞快地爬上扶梯，"砰"的一声将机舱门狠狠地关上了。引擎发出了怒吼的声音，直升机的主旋翼开始旋转起来，不停地在加速，直到最后变成了两个闪着银光的大圆盘。直升机的身子扭动了一下，然后便腾空而起，飞向空中。

在灌木丛中行驶的军用卡车猛地一下刹了车。邦德一个健步跳上了小炮的控制台。

"下士，把炮口摇上去。"他对炮位上的一位下士说。邦德一只眼睛眯起来盯着瞄准仪，手扳开了射击栓的保险，并将射击机柄放在了"单发"的位置上。他慢慢仰起头来，说："再向左偏十米位！"

"我来装曳光弹。"站在邦德旁边手捧两排黄色炮弹夹的军官说。

邦德的脚踏在扳机踏板上，此时直升机正好位于瞄准仪的中央。"拿稳点儿，放！"他吩咐道。

"砰！"

曳光弹发着光，在天空懒懒地划出了一道弧线。

弹着点偏左偏低。下士仔细地扭动着两只杠杆进行精确的调整。

"砰！"

曳光弹在空中又划出了一道完美的曲线，很不巧，子弹只是擦着了直升机的顶部，然后便飞了过去。邦德俯下身去把机柄扳到了"自动连发"的位置。他的手臂非常沉着，这便意味着命中率将是百分之百。他又要扮演阎王的角色来索命了。

"砰！砰！砰！"

黑色的夜空中不断划过红色的光素，但似乎对直升机并无大碍，它仍旧朝着月亮的方向再继续上升。它转了个身，开始向北飞去。

"砰！砰！砰！"

突然，直升机尾翼附近闪过了一道黄色的光，紧接着便传来了一声爆炸声。

"目标命中。"邦德身旁的军官边说边举起了红外线望远镜望向直升机。"尾旋翼被削掉了，"他兴奋地说道，"看哪，整个飞机座都在跟着主旋翼打转呢，驾驶员肯定被转得晕头转向了。"

"还要继续射击吗？"邦德把瞄准仪对准了旋转着的飞机，问那位军官道。

"我看没什么必要了，先生，"军官答道，"我们最好捉活的，不过好像……是的，直升机已经失控了，在快速往下冲。估计是主旋翼出毛病了。它掉下来了！"

邦德的眼睛离开了瞄准仪，抬头向那边看去。

是的。直升机从空中迅速下落，离地面大约还有一千英尺的距离。

引擎仍然在轰鸣，不过主旋翼已经不听使唤，在空中无力地扇动着翅膀旋转着，飞机跌跌撞撞地栽了下来。

杰克·斯潘，这个曾经下令要暗杀邦德并且曾经拍电报要干掉凯丝的坏蛋；这个在邦德去海德花园"钻石之家"调查时，在那间炉火熊熊的接待室中趾高气扬的家伙；这个钻石之家欧洲分部的副董事长；这个每月去巴黎旅游一次，并且经常去桑林戴尔镇打高尔夫球的高尚绅士；这个 M 局长眼里的所谓"模范公民"；这个就在几分钟前还亲手杀死自己一名同伙的歹徒，现在也该让他享受一下生命中最后时刻的舒服了。

此时直升机座舱中的情景，邦德都可以想象得出：斯潘一手紧握着操纵杆，另一只手用力地推动油门，眼睛则死死地盯着高度表的指针，看着那可怕的指针显示在短短几秒钟内飞机就跌落了好几百英尺，他一定是惊恐万状吧。那价值几十万英镑的钻石原料就要变成压舱的石头了。他一直以来都视作护身符的手枪现在也无用武之地了。

"飞机马上就要落地了。"下士仰头看着空中的飞机说。

"马上他就要去见阎王了。"军官自言自语道。

直升机在落地之前来回不停地晃动着。大家都屏住呼吸等待着。只见直升机晃晃悠悠地向地面扑来，接着猛地向前一冲，冲进了灌木丛中，就像是不共戴天的仇敌一样。旋翼深深地插进了树干里，发出巨大的声响。

直升机坠地时的回声还没有完全消逝，灌木丛林深处又传来了一声空旷的巨响。紧接着一个大火球突然蹿向空中，使得月光都黯然失色了。周围的荒野也都淹没在了冲天的火光之中。

军官第一个反应过来。"天哪！"他慢慢地取下了夜视望远镜，转身对邦德说："先生，本次任务已经画上了句号。要想到达飞机坠落的现场，只有等明天早上了。而且找到飞机残骸，也需要我们在丛林里花上好几个钟头。我们必须先和法国部队进行交涉。不过，不必担心，我们的关系一向很好。倒是总督府方面，得和达喀尔当局好好谈谈。"军官心想，又要有一大堆报告等着他了。一想到公文写作，他就立刻感到浑身没劲儿。他是个讲求实际的人。今天已经把他们累得够呛了。"先生，不如我们先打个盹儿吧？"

"你们先睡吧，"邦德说，然后抬起手腕看了看表，"最好睡在卡车下面。再有四个钟头，就要出太阳了。现在我还不觉得累。我来看着吧，如果火势有蔓延的迹象，我就叫醒你们。"

那位军官看了看这位既神秘又重要的人物。一封加急电报，这位谜一样的人物就如从天而降般地来到了他们身旁，他是那样的冷静，那样的沉着，但同时又是那样的神秘。他一刻不停地指挥着这场战斗，看不出疲倦，就如铁打的金刚一样……算了，不想了，其实这一切还不都是伦敦方面的事，跟弗里敦镇有什么关系呢。"谢谢，先生。"那军官说着，跳下了卡车。

邦德慢慢地抬起脚，离开了扳机踏板，靠在控制台的椅背上，眼睛盯着一直在眼前跳动的火焰，手不自觉地伸向衣服口袋，在里面摸索着打火机和香烟。他摸出一支香烟来，把它点燃了。

好了，钻石走私线到此终于完全断绝了。这就是它的终点了。邦德深深地吸了一口烟，然后发出一声长长的叹息。一共六条人命。大功告成。

邦德抬起手来，擦了擦额头上的汗水，接着把垂在眼前的一缕头发往后理了理。在红红的火光映衬下，他的面孔显得更加的严肃、消瘦，他的眼睛看起来也更加的疲惫。

斯潘帮的命运结束于这个血红的句点。他们的钻石走私也就此结束了。可是在失事现场的熊熊大火中，钻石的生命却不会消失。在大火熄灭之后，经过加工处理，它们依然会放出炫目的光芒。它们的存在就如死亡一样是永恒的。

邦德脑子里突然浮现出了那个静静地躺在伊丽莎白女王号轮船房舱中的大胖子的尸体。看来他那双睁着的眼睛里显示出的真理并不全面。死亡是永恒的，但除此之外，钻石同样也是永恒的。

邦德从炮位上跳了下来，走向跳跃的火焰。他脸上出现了一丝令人难以捉摸的微笑。那些关于死亡和钻石的真理对他而言未免过于严肃与神圣了。在他看来，这只是又一次的冒险，他只是用自己的一腔热血和旺盛的精力砍断了那只伸向钻石的魔爪。